기다리겠습니다.
기억하겠습니다.
김성대

키스마요

키스마요

지은이 김성대
펴낸이 임상진
펴낸곳 (주)넥서스

초판1쇄 인쇄 2021년 10월 28일
초판1쇄 발행 2021년 11월 5일

출판신고 1992년 4월 3일 제311-2002-2호
10880 경기도 파주시 지목로 5
Tel (02)330-5500 Fax (02)330-5555

ISBN 979-11-6683-163-8 03810

가격은 뒤표지에 있습니다.
잘못 만들어진 책은 구입처에서 바꾸어 드립니다.

www.nexusbook.com
&(앤드)는 (주)넥서스의 문학 브랜드입니다.

키스마요

김성대 장편소설

&

상미에게

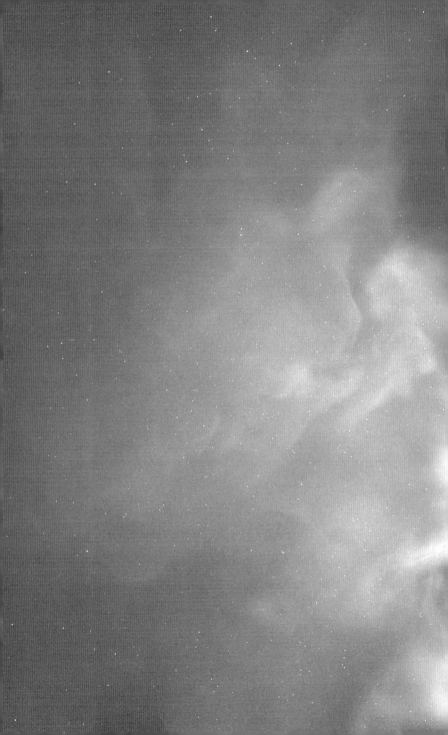

키스마요 해변

내 눈에는 거대한 알 같다. 두 개의 떠 있는 알이다. 빠른 속도로 돌고 있다고 하는데 노트북 화면으로는 잘 확인이 안 된다. 어느 방향으로 돌고 있는지도 알 수 없다. 시계 방향인지 반시계 방향인지.

빛이 피어오른다. 섬광을 흩뿌리는 거 같다. 은빛 포말 같은 것이 부서진다. 회전 속도가 빨라서라고 한다. 속도가 더해져서라고. 빛의 알일지. 뜨거운 알일지. 돌면서 뜨거워지는.

세계의 바탕 화면 같은 해변이다. 바다 위에 사막을 엎질러 놓은 거 같은. 방탄모와 방탄조끼로 무장한 평화유지군이 해변을 통제하고 있다. 언제 어떻게 변할지 모르는 상황을 주시하고 있다. 무장 차량 위에 늘어선 총기들도 긴장돼 보인다.

두 개의 알에서 피어오른 빛이 구름에 섞인다. 구름을 물들인다. 알 주위를 도는 먼지구름 같기도 하다.

새가 날아간다. 빛과 구름의 경계를 소리 없이. 새라고 확인할 수 없는 새다. 멀어지는 잿빛 날개다. 구름에 날갯짓을 옮기는. 한 점 빛으로 부서지면서.

화면이 모래 위를 비춘다. 모래가 열기로 흐르는 거 같다. 바람이 흐르는 게 보이는 거 같다. 흥분한 기자가 이를 악물고 중계에 열중하고 있다. 뉴스 자막이 쉴 새 없이 흐른다.

한 여자가 모래 위를 걷고 있다. 나체다. 검은 음모가 선명하다. 통제를 어떻게 뚫었을까.

미라 같다. 속이 텅 비어 있을 거 같은.

미라의 걸음.

미라의 속도.

바람이 멈춘다. 빛이 멈춘다. 모든 게 멈춘다. 여자를 향해. 눈도. 숨도.

너다.

너였다.

1

그것이 나타난 것은 지구촌 전등 끄기 캠페인이 있던 날이었다. 우리는 저녁을 먹고 공원을 걷고 있었다. 공원이라 할 만한 게 없는 공원이었다. 공원을 공원이게 하는 건 저녁이라는 시간이었다. 저녁을 부는 바람이었다. 그런 정도면 되었다. 우리에게 산책은.

전등이 꺼지자 어둠이 펼쳐졌다. 밤하늘이 맑았다. 그리고 떠 있었다. 거대한 전등이. 밝게 빛나는 거대한 알이. 나타난 게 아니라 있었다. 밤하늘 깊숙이 눈을 뜨고 있었다.

- 보여?

- 뭐지?

- 풍선? 열기구? 비행선?

밤이 뒤집어졌다. 밤이 엎질러지듯 전등이 들어왔다. 불빛이 쏟아졌다. 없었다. 그것은. 사라지고 없었다. 밤하늘이 비어 있었다. 알 모양의 공백같이.

눈으로 밤하늘을 뒤적였다. 터졌을까. 떨어졌을까. 나타나는 빛이 아니라 사라지는 빛이었을까. 바라보고 바라봐도 없었다. 잘못 본 건지. 착시인지. 착시가 끝난 건지. 내게만 보였던 건지도 몰랐다. 나만 안 보이는 건지도.

- 보여?

- 안 보여?

없었다. 너도. 없는 게 아니겠지. 안 보일 뿐이겠지. 나는 생각했다. 안 보인다고 없는 건 아니니까. 안 보이는 게 아니라 내가 못 보는 거니까.

그래도 없었다. 눈앞에서 너는 사라졌다. 눈앞이 캄캄했다. 보이지 않는 막이 둘러쳐진 거 같았다. 정말 밤이 뒤집어진 걸까. 그 속으로 사라진 걸까. 정말 사라진 건 아니겠지. 잠깐 어디 갔겠지.

전화를 해 보았다. 통화가 안 되었다.

어디 있어?

문자도 안 받았다. 확인도 답도 없었다. 나는 얼굴이 가려웠다. 불빛이 흩어지고 있었다. 어둠에 부딪힌 빛들이 제자리로 돌아가고 나는 그 자리에 있었다. 너를 기다리고 있어야 했다. 나를 바로 찾을 수 있게. 공원 안 어디에 있을 거니까. 캄캄한 막을 걷듯 나타날 거니까. 아직 안 온 거겠지. 오고 있는 거겠지.

오지 않았다. 나타나지 않았다. 나는 그 자리에 더 있을 수 없었다. 공원을 돌았다. 어둠을 들추고 빛 부스러기를 헤집었다. 공원의 숨겨진 공간을 찾는 거같이. 숨겨진 공원을 찾아 헤매는 거같이. 점점 바깥쪽을 헤매야 했다. 안을 포기하고. 공원 둘레에 닿을 때까지. 바깥쪽으로 갈수록 어둠이 채워지고 있었다. 눈 닿는 데 없는 어둠을 확인할 뿐이었다.

거대한 알이 뒤집어진 걸까. 밤이 아니라. 알 속에 있는 걸까. 알 속의 어둠일까.

없었다. 너는. 모든 곳이 너의 없음으로 다가왔다. 너의 없음으로 멀어졌다. 너의 없음이 둘레를 둘러싸고 있었다.

계속 통화가 안 되었다. 불통일까. 통신 장애가 생긴 걸까. 전화를 안 받을 리 없었다. 꺼 둘 리도 없었다. 나는 전화를 멈추지 않았다. 부재중 전화를 반복했다. 전화가 연결되지 않는 연결음이 반복되었다. 전화를 받지 않는 부재음이. 너는 반복되는 부재였다. 사라지고 또 사라지는. 어떻게 사라졌는지 모른 채.

차라리 전화를 안 받는 것이었으면 했다. 못 받을 일이 생긴 게 아니었으면. 너의 부재를 반복하는 사이 공원을 나와 있었다. 공원을 공원이게 한 시간은 이미 지나고 없었다.

네가 사라진 방향을 알 수 없었다. 너에게 다가갈 수도 멀어질 수도 없었다. 가까워지는 건지 멀어지는 건지 알 수 없었다. 사방에서 불확실이 밀려왔다. 불안이 밀려왔다.

어디 있어? 무슨 일이야?

나는 다시 문자를 보냈다. 확인도 답도 없는 문자를. 밀려오는 불안을 밀어내려. 불안한 마음은 끊임없이 보이지 않는 것을 들여다보았다. 들리지 않는 것을 들으려 했다. 들여다봐도 보이지 않았다. 들어 봐도 들리지 않았다. 들리는 것도 불확실했다. 들리는 것을 확신하기엔 들리지 않는 것이 너무 많았다.

사이렌이 울렸다. 구급차가 사이렌을 울리며 지나갔다. 차선을 급하게 가로지르며. 귓속으로 쏟아져 들어오는 소리에 머릿속이 하얗게 떠올랐다. 불안한 생각이 사이렌을 맴돌았다. 무슨 일이 일어났고 무슨 일이 일어나지 않았을까. 무엇을 해야 했고 무엇을 하지 않았을까.

네가 있을 만한 곳을 생각해 봤지만 떠오르지 않았다. 있을 만한 곳이 없었다. 있을 만한 곳이 없는 사람은 어디 있는 건지. 어디 있어야 하는 건지. 생각해 봐도 알 수 없었다. 생각할 수 없었다. 생각할 수 없는 걸 어떻게 생각할지. 생각할수록 불확실했다. 있을 만한 곳이 없는 네가 불확실했고 있을 만한 곳을 떠올릴 수 없는 내가 불확실했다.

밤의 외벽들이 절벽 같았다. 불빛이 바닥에 부서져 있었다. 유리 조각이 밟혔다. 차라리 길을 잃은 거였으면 했다. 다니던 길을 잃고 싶었다. 길을 잃지 않아서 길이 좁아졌다. 나는 걸음을 멈추고 뒤돌아보았다. 생각을 놓치고 있다는 걸 알았다. 한 생각에 머물러 있다는 걸. 내려놓을 수 없는.

집이었다. 집이라는 확신이 들었다. 그제야 네가 있을 만한 곳이 떠올랐다. 다른 생각을 할 수 없었다. 집에 가까워질수록 확신이 강해졌다.

집에 들어가 보니 집 안이 어지럽혀져 있었다. 신지 않던 신
발이 꺼내져 있었다. 분명 네가 왔다 간 흔적이었다. 짐을 싼
흔적이었다.

　내가 확인해야 했던 것은 뭘까. 끝내 확인하고 만 것은. 나
는 내가 틀렸길 바랐다. 잘못 안 거였길 바랐다. 그걸 보지 않
기 위해 다른 걸 보았다. 그걸 찾지 않기 위해 다른 걸 찾았다.
찾아봐도 없다는 걸 알고 있었다. 찾아보지 않아도.

　트렁크가 없었다.

2

그것은 세계 곳곳에서 동시에 목격되었다. 같은 시각 여러 곳의 카메라에 담겼다.

정체불명이었다. 인공위성도 우주 정거장도 아닌 것으로 확인되었다. 그 궤도 이탈이나 추락도 아니었고 폭발로 인한 우주 쓰레기도 아니었다. 혜성이나 유성도 아니었다. 뭔지 알 수 없었지만 나타났고 보였다. 알 수 없다고 안 보인다고 할 수 없었다.

예측할 수 없는 움직임을 보인다고 했다. 순간적으로 나타나고 그 자리에서 사라진다고. 한 곳에 떠 있거나 다른 곳으로 이동하는 게 아니라. 나타나는 곳을 예측할 수 없었고 사라지는 시간 또한 그랬다. 언제 어디서든 나타나고 사라졌다.

일단 유에프오라고 추정하는 수밖에 없었다. 실재가 확인된 유에프오라고 공식 확인되었다. 그러니까 확인된 미확인

비행체였다.

너를 그렇게 생각해야 했다. 내게는 네가 미확인이었다. 그 저녁은 왜일지. 무엇 때문일지. 그 저녁을 떠올리려는 시도는 계속 미확인이 되어 가고 있었다. 나는 계속 그 저녁으로 돌아 가야 했다.

그날 저녁은 두부를 먹었다. 별다를 게 없었다. 우리는 두부를 자주 먹었으니까. 두부로 할 수 있는 음식을. 뭐 하나 다를 게 없는 저녁이었다. 너도 별다른 게 없었다. 표정이 없었나? 말수가 적었나? 드러나게 다른 게 떠오르지 않았다.

저녁상은 고요했다. 그릇에 수저 부딪는 소리뿐. 네가 두부를 먹을 때 나는 두부를 먹었다. 네가 두부를 먹지 않을 때 나는 두부를 먹었다. 네모반듯하지 않은 두부를.

- 안 먹어?

내가 말했다.

- 그만 먹을게.

네가 말했다.

- 좀 더 먹어.

- 그만 됐어.

너는 얼굴이 어두웠다. 어둡게 잠겨 있는 거 같았다. 표정을 감추고 있었을까. 얼굴 밑을 흐르는.

나는 말했다.

- 속 안 좋아?

- 괜찮아.

모래알 같은 목소리였다. 말에 물기가 없었다. 너의 입술이 말라 있었다. 마른 입술에 침묵이 고이고 있었다. 입술에 묻은 말이 마르는 거같이.

그릇에 침묵이 담겼다. 침묵을 가만히 들여다보았다. 귀담 아들어 보았다. 들리지 않았다. 되감기는 침묵뿐이었다. 들리지 않는 침묵에 귀가 말랐다. 두부가 식어 가고 있었다.

– 남은 거 버릴까?

내가 말했다.

– 그냥 둬. 두부는…….

너는 하던 말을 멈췄다. 마른 입술을 축이며. 네가 멈춘 말은 뭐였을까. 그 말을 계속 떠올려야 했다. 하지 않으려 한 말인지. 하지 못한 말인지. 뭔가를 말하려던 거였을까. 할 말이 있는 거였을까. 아무것도 다를 게 없는 저녁이 달라지고 있었다.

순간 이동일까. 그것의 움직임은. 눈을 감았다 뜨는 거 같았다. 카메라에 담기는 중 한순간 화면에서 사라지기도 했다. 한순간도 놓치지 않아도 놓치는 순간이 있었다. 그러다 어느 순간 나타나 회전하고 있었다. 빛을 돌리듯이.

순간적으로 빛의 흐름을 바꾸는 거라고도 했다. 빠른 속도의 회전이 그걸 가능하게 한다고. 그런 회전 속도를 어떻게 내는지는 알 수 없었다. 모든 게 추측에 불과했다.

– 그냥 둬. 두부는…….

너의 말을 되풀이해 보았다. 너의 말투를 떠올리며. 네가 멈춘 말이 되살아날까 해서.

이유를 찾을 수 없었다. 무엇 때문이라고 할 게 없었다. 없는 이유에 부딪칠 뿐이었다. 내가 생각할 수 없는 다른 이유가 있었는지. 마주 앉아 다른 생각을 하는 거였을까. 마주 보고 멀어지기 시작한 거였을까.

두부를 두고 우리는 집을 나섰다. 너의 얼굴은 채워지지 않았다. 어떤 얼굴이었는지. 어떤 표정을 하고 있었는지. 그 저녁은 그렇게 끝나 있었다. 나는 그 저녁에 갇혔다. 돌아오고 돌아와도 벗어날 수 없었다. 마지막으로 일어난 일을 계속 떠올려야 했다. 마지막으로 보지 못한 것을 계속 보았다. 마지막으로 듣지 못한 것을 계속 들었다. 떠올리지 못하고 계속. 떠올리지 못해서 계속.

그 순간은 그대로 멈춰 있었다. 네가 사라진 순간은. 수없이 돌아가려 한 순간이었다. 돌아가지 못한 순간이었다. 너는 사라지고 그 순간만 남았다. 어떻게 너를 놓칠 수 있었는지. 눈앞에서 잃어버릴 수 있었는지.

실재가 확인된 유에프오에 대한 첫 대응은 시간주파수위원회였다. 인간 사상 가장 중요한 회의일지도 모를 회의치고는 의외였다. 회전하는 비행체가 주파수를 내보내는 것으로 확인되기는 했지만. 회의 결과도 의심스러웠다. 세계의 이목이 쏠렸지만 아무것도 밝혀내지 못했다. 별다른 논의나 대응책도 없었다. 어떤 일이 일어나고 있는지 알 수 없다고 했다. 비행체 주위의 시간이 달라지는 게 아닐까 하는 추측뿐이었다. 시간에 구멍이 생기는 게 아닐까 하는. 빈 구멍같이 순식간에 사라지니까. 그렇게 생긴 구멍을 다시 회전 속도로 가린다는 거였다.

그리고 1초가 길어진다고 발표했다. 11시 59분 59초 다음 1초가 더해져 11시 59분 60초가 오고 이어 12시 정각이 된다고. 윤초 적용이었다. 늘 해 오던.

전 세계의 야유가 쏟아졌다. 눈먼 파수꾼이라는 조롱을 들어야 했다. 눈이 있어도 볼 줄 모르는 주파수꾼이라는. 다른 사정을 숨기고 있다는 의심까지 불러왔다. 아무것도 밝혀내지 못하면서 뭘 그렇게 숨기려는 건지. 의심은 윤초에 대한 불신으로 번졌다. 1초의 오류를 숨기려는 조작이라고 했다. 시간의 오류를 숨기려는 거라고. 반복되는 오류가 되어 버린.

내게는 윤초라는 게 생소했다. 1초 길어진 세계는 어떨지. 1초 더 늘어난 하루는. 1초 더 생각할지. 1초 더 기다릴지. 남은 1초는 어떻게 할지. 음악은 1초 전에 끝났는데. 시간이 날카로워지는 거 같았다. 눈을 찌르는 거 같았다. 1초 1초 눈을 감을 새도 없이. 1초 1초 너를 향한 기다림으로. 1초 1초 주위 담아야 하는.

나는 샤워를 했다. 라디오를 켜 놓고. 1초 1초 주파수를 끼었었다. 시간 속에 나를 흘려보냈다. 시간이 나를 빠져나가고 있었다. 순간순간 부서지고 있었다. 알 수 없는 소리가 들렸다. 물에 젖은 라디오 소리 같은. 시간이 부서지면서 섞여 온

노이즈인지. 1초 더 주어져 들리는. 가늘고 희미해지는 소리였다. 거의 사라지고 없는. 나는 다시 1초를 놓쳤다. 1초 1초 다가오는 시간을.

3

어떻게 너일 수 있을까. 내가 잘못 본 걸까. 다시 봐도 네가 분명하다. 의심할 수 없는 너다. 노트북 화면을 닦아 봐도. 눈이 의심스럽지만.

화면이 너를 잡는다. 너를 따라간다. 화면에서 눈을 뗄 수 없다.

대화를 시작한다.

그것으로부터 메시지가 전송된다. 인터넷으로 폰으로. 모든 방송과 통신으로. 드디어 새 메시지가.

그것은 그렇게 접촉을 해 왔다. 인간에게. 동시에 개개인에게. 모든 언어로. 동시에 각 개인이 쓰는 언어로.

지구는 방문 제한 행성이다. 접촉할 단계가 아니다. 그러나 지금은 긴급 상황이다.

그것으로부터 온 첫 메시지였다. 일대 혼돈이 일었다. 무슨 일이지? 무슨 일이 일어난 거지? 계속 물어야 했다. 무슨 일이 일어나고 있는지 알 수 없었다. 이제 외계 비행체라는 걸 인정할 수밖에 없었다. 외계인이 보낸 우주선이라는 걸. 안에 외계인이 타고 있는지는 알 수 없었지만.

메시지 전송 방식을 두고도 혼란이 일어났다. 모든 주파수를 동시에 열어 메시지를 실어 보내는 거라고도 했다. 여러 이야기가 오갔지만 그게 어떤 의미인지는 잘 와닿지 않았다. 무슨 의미를 가지는지.

메시지 내용을 놓고도 이야기가 엇갈렸다. 어떤 우주적 합의가 있어 지구를 방문하거나 접촉하는 게 제한돼 있을 거라는 해석은 대부분 일치했다. 우주 역사에서 별이 가장 많이 탄생한 시기가 백억 년 전이었던 것에 비해 태양계는 오십억 년 전에 생겼다는 사실이 그런 해석을 뒷받침했다. 지구보다 오래된 행성이 수없이 많고 그 행성들 간 커뮤니티가 이뤄지고 있을 가능성이 크다는 거였다. 그러니까 지구는 시기적으로 우주적 합의가 닿지 않을 수밖에 없었다. 우주적 합의의 주체가 아니라 대상일 수밖에.

– 중요한 건 시간이지 않았을까. 비행이 아니라…… 비행기가 아니라.

너의 말이 떠올랐다. 왜 그 이야기가 떠올랐는지 알 수 없었다. 비행기 안에서 자살한 사람에 대한 이야기가.

- 절박했던 거 아니었을까. 목숨을 끊어야 할 시간이……
자신과 약속한.

너는 말했다.

- 그랬을까?

내가 말했다.

- 그 시간에 거기 있었던 거야. 비행 중이었던 거야…… 약속한 시간이 되기를 기다리고 있었는데…… 그 시간에 죽으려고.

네가 천천히 말했다. 어디를 보는지 모를 눈으로. 아무 데도 보고 있지 않는 거 같았다. 어떤 생각에 빠져들고 있는 거 같았다.

- 착륙하고 싶지 않았던 건 아닐까? 목적지가 지옥같이 느껴져서…… 땅에 발을 딛지 않게.

내가 말했다. 너를 생각에서 빼내 오려. 알 수 없이 빠져들고 있는.

- 스스로 지옥이었을지도 몰라. 지옥이 되는 자신을 어쩔 수 없어서. 피할 수 없이…… 그 사람은 비행기 안에 없었던 거야. 착륙하기 전에 이미. 탑승자 명단에는 있지만…… 승객들은 그 사람이 없는 비행기를 타고 있었던 거야.

- 정말 이상한 자살이다.

- 나 없이 여기 있을 수 있어? 나 없어도 있을 수 있지?

네가 갑자기 물었다. 눈을 마주 보면서.

– 네가 왜 없어……?

해석이 엇갈리는 부분은 메시지에서 말하는 단계가 뭘 뜻하느냐 하는 거였다. 대체로 수준이냐 실험이냐로 갈렸는데 수준으로 보는 쪽이 더 많았다. 지구가 일정 수준에 이를 때까지 접촉을 시도해서는 안 된다는 우주 공동체적 제한이 있을 거라는 해석이었다. 인간과 접촉하기는 때가 이르니까. 뭔가를 전달한다 해도 지금 수준으로는 받아들이지 못할 수 있으니까. 되레 악영향을 끼칠 수도 있고. 인간이 어느 단계에 이르면 합의에 따라 우주 공동체의 일원으로 받아들일 거라고 했다. 중도 멸망하지 않은 경험을 평가할 거라고. 우주 환경회담이나 우주 올림픽 같은 행사도 참여할 수 있고.

실험으로 보는 쪽은 지구가 우주적 실험이 이뤄지는 장소라는 뜻으로 받아들여야 한다는 해석이었다. 실험 단계에서는 어떤 접촉을 해서도 안 된다는 통제로 봐야 한다는 거였다. 실험을 하기 위해서는 실험되고 있다는 사실이 알려지지 않도록 통제해야 하니까. 인간이 그들을 발견할 가능성은 거의 없지만 만에 하나 주의를 끌지 않도록 주의하고 있었을 거라고 했다. 주의 깊게 지켜보고 있었을 거라고.

인간이 실험 대상에 불과하다는 거냐는 비난이 쏟아졌다. 지나치게 비관적인 해석 아니냐는. 비난에 대한 반문도 있었다. 외계인의 입장에서 생각해 봐야 하지 않을까 하는. 인간의 입장에서만이 아니라. 외계 비행체를 눈앞에 두고 있으니까.

그 사실은 부정할 수 없으니까. 있는 그대로 받아들이지 않아야 할 이유라도 있는지. 받아들일 수 없는 이유라도.

그것이 외계에서 왔다는 걸 인정할수록 지구는 알 수 없는 곳이 되어 가고 있었다. 이전의 지구가 아님은 분명했다. 이전 같을 수 없게 되었으니까. 그것이 와서 지구는 수정되었다. 인간도 수정해야 할까. 인간 아닌 무엇을 앞에 두고.

그런데 긴급 상황은 뭘까.

4

네가 왜 거기 있을까. 거기서 뭘 하고 있는 걸까.

너는 왜 나체일까. 무슨 생각을 하고 있는 걸까.

모래 위를 미라처럼 걸어가면서.

너는 알몸일 때 생각이 잘 떠오른다고 했다. 목욕을 하거나 알몸으로 잠들 때 생각에 몰입이 잘 된다고. 섹스 중일 때도 그랬다. 그대로 생각에 빠졌다. 몰입이 이뤄졌다. 너의 생각이 읽히지는 않았지만.

나는 너의 생각을 지피는 화부였다. 침묵의 화부였다. 말없이 섹스에 열중하는. 그래야 네가 생각에 몰입하기 좋으니까.

너는 먼 곳을 보고 있었다. 네 눈 속의 먼 곳을. 너는 너의 눈에서 멀어져 있었다. 멀리서 다가오는 거 같았고 가까이서 멀어지는 거 같았다. 먼 곳도 가까운 곳도 알 수 없었다. 생각을 멈출 수 없는 거 같았다.

나는 너의 눈을 바라보았다. 너의 눈으로 나를 보았다. 보이지 않았다. 눈에 들어오지 않았다. 너의 눈에 나를 비춰 볼 수 없었다. 너에게 나는 없었는지도 몰랐다. 눈앞에 있어도 보이지 않는 채로.

너는 생각 속으로 가라앉고 있었다. 눈 속으로 가라앉는 모래같이. 나는 네 눈 속의 모래를 불었다. 뜨거워진 모래를 식혔다. 너의 눈을 쓸면서. 쓸어 모으면서. 생각 너머를. 먼 곳도 가까운 곳도 없었다. 나는 두 군데 다 있어야 했다.

너의 눈이 나를 보았다. 나에게 머물렀다. 생각은 머물지 않았다. 눈이 돌아오고 생각이 사라졌다. 침묵이 식어 가고 있었다. 침묵 속으로 생각을 감추고 있었을까. 그렇다고 무슨 나체주의자는 아니었는데. 나체와 관계있는 일일까.

그러나 지금은 긴급 상황이다.

이 부분에 관심이 쏠릴 수밖에 없었다. 긴급 상황을 먼저 생각해야 했다. 단계인지 실험인지 미뤄 두더라도. 메시지가 말하는 긴급 상황이 뭔지.

소행성 충돌 같은 불가항력적 상황이 먼저 이야기되었다. 지구에 접근하는 소행성은 대부분 예측되고 있지만 위험은 언제나 남아 있다고 했다. 궤도가 밝혀지지 않거나 일정하지 않은 경우가 있을 수 있으니까. 어느 순간 궤도가 바뀌면 언제라도 지구와 충돌할 수 있는.

반론도 적지 않았다. 만일 그렇다면 우주적으로 일어나는 일에 왜 나선다는 걸까. 상황이 어떻든 우주의 일부인 지구에 무슨 이유로 개입하는 걸까. 우주의 법칙이 깨질 위험을 무릅쓸 정도로 지구가 소중할까. 우주 공동체의 합의를 깨뜨릴 정도로. 지구와 비슷한 환경을 가진 행성이 셀 수 없이 흔하다고 하는데. 그중 인간 이상의 문명을 이룬 곳이 적지 않을 것인데.

어디 있어? 무슨 일 있는 거야? 보고 있어?

나는 문자를 보냈다. 네가 확인할 수 있는지 알 수 없었지만. 너와 주고받았던 문자들을 다시 보았다. 하나하나 다시 읽었다. 네가 줄인 말을 찾아보았다. 빠뜨린 말을 채워 보려 했다. 문자 사이에 숨겨진 의미를. 작은 실마리라도 있을까 해서.

실마리도 찾을 수 없었다. 찾을 때마다 문자는 뒷걸음쳤다. 마침표는 마칠 수 없는 데 놓이고. 쉼표는 쉴 수 없는 틈을 파고들고. 아무 실마리가 없음을 확인할 뿐이었다. 너를 잘 모르고 있었다는 걸. 알고 있다고 생각한 것도 자신이 없어졌다. 점점 더 너를 알 수 없었다. 너에 대해 아는 것과 모르는 것을 구별할 수 없었다. 어느 것이 너에 더 가까운지.

지구 자체의 문제일 수 있다는 이야기도 있었다. 인간이 넘지 않아야 할 선을 넘었다는. 아직 지구 밖으로 나올 단계가 아닌데 지구 밖을 넘나들자 통제할 상황이라고 판단했다는 거였다. 일정 수준에 못 이른 단계에서 우주 탐사에 나설 경우 문제를 일으킬 수 있기 때문이라고 했다. 그래서 지구가 관찰되고 있다는 사실이 알려지는 위험을 무릅쓰고 나타나게 된 거라고.

이 이야기는 많은 논란을 불러일으켰다. 그런 이유라면 그쪽에서 상황 판단을 잘못한 거 아닌지. 인간의 수준을 과대평가한 거 아닌지. 우주 탐사라면 이제 걸음마 단계인데. 이웃 행성에도 발을 딛지 못했는데. 이 정도도 넘지 못할 선인지. 통제받아야 할 수준인지. 인간은 지구에서만 있어야 하는 건지. 인간끼리만 살아야 하는 건지.

핵 문제도 이야기되었다. 혹시 감춰진 핵 실험이나 사고가 일어난 거 아닐까 하는. 지구 밖에서 볼 때 핵폭발이 가장 먼저 감지될 수 있으니까. 외계 쪽에서도 그런 신호를 우선적으로 찾고 있을 수 있으니. 안 그래도 핵은 늘 위기 상황이었다. 언제든 긴급 상황으로 바뀔 수 있는. 지구는 핵우산을 돌려쓰고 있으니까. 언제 부러질지 모르는.

보고 있는 거야? 오고 있어?

너에게 다시 문자를 보냈다. 너를 찾아 나서는 건 생각도 하지 못하고 있었다. 너에 대해 아는 게 없어서 찾아 나설 수도 없었다. 짐을 싸서 집을 나간 사람을 어디서 찾을까.

5

극장에 갔었다. 영화가 걸려 있긴 했지만 사람은 없었다. 있을 리 없었다. 외계 비행체가 출몰하고 있었다. 지구 곳곳에서. 때와 곳을 가리지 않고.

– 이 감독 영화는 돈 냄새가 안 나서 좋아.

너의 말이 떠올랐다. 같이 영화를 보고 극장을 나오는 길이었다. 너와 본 마지막 영화였다. 관객은 거의 없었다. 텅 빈 극장에서 졸음과 싸워 가며 나는 끝까지 보았었다. 영화의 패배와 졸음의 승리를. 갖은 수를 써 봐도 불가항력이었다.

– 긴급 상황은 자본주의다.

극장 건너편에서 집회가 열리고 있었다. 연일 집회가 열리고 시위가 일어나는 곳이었다. 전 지구적으로 시위가 퍼지고 있었다. 저항이 펼쳐지고 있었다. 가만있을 수 없었다. 몰릴 대로 몰린 행동이었다. 다른 선택의 여지가 없는. 그게 선택을

명확하게 했다. 행동으로 옮기게 했다.

자본의 모순이 극에 달하고 있었다. 흐르지 않는 자본은 고였고 고인 자본은 썩고 있었다. 더 썩기 전에 도려내야 했다. 세계가 같이 썩어 들어가기 전에.

자본주의가 최선일까. 같은 물음이 거리를 쏟아져 나왔다. 답을 듣지 못했기 때문이었다. 계속 같은 물음을 던질 만큼 답이 없었다. 답 없는 물음이 거리를 흘러넘쳤다. 행사가 아니었다. 운동이 아니었다. 하루가 다르게 참여가 늘고 있었다. 저항이 눈뜨고 있었다.

묻고 또 묻자. 자본주의가 답이 아님을 확인할 때까지. 아무 답을 찾을 수 없음을. 지켜보지 않겠다. 맡기지 않겠다. 직접 바꾸겠다. 물음을 바꾸자. 답을 바꿀 수 있는 물음을 찾자.

외계 비행체가 물음을 멈췄다. 시위가 주춤했다. 저항을 흐트러뜨리려는 것으로 보였다. 눈과 귀를 쏠리게 해서. 많은 사람들이 그렇게 의심했다. 너무 나간 거 아닐까. 외계를 들고나오다니. 유에프오를 내놓다니. 의문이 들긴 했지만 믿지 않았다.

자본주의가 지구의 진화를 막고 있다. 자본주의를 극복하지 못하는 행성은 멸망한다.

외계 비행체로부터 온 두 번째 메시지였다. 저항의 열기는 다시 달궈졌다. 시위가 끓어올랐다. 자본주의는 극복해야 할 장애였다. 긴급히 벗어나야 할 위기였다. 지구의 진화를 위해.
인간의 생존을 위해. 자본은 인간에게 부활한 공룡이니까. 인
간의 발달 장애를 일으키고 있는.

너와 마지막으로 영화를 본 날 우리는 고깃집에 갔었다. 극
장 근처에 있는.

계란찜이 먼저 나왔다. 좁은 그릇에 담긴 계란찜이 위태로
워 보였다. 불안했다. 너 때문이었다. 너와 같이 있어도 불안했
다. 뭘 하든. 어딜 가든. 알 수 없는 불안이었다. 불안인지 아닌
지 불확실한. 분리 불안이었을까. 나도 모르게 스며들어 있는.

너는 불판에 올려진 고기를 구웠다. 무표정한 얼굴로.

— 고기 구울 때 눈은 중요하지 않아.

네가 말했다. 고기를 뒤집으며.

— 그럼 냄새?

내가 말했다. 어금니 쪽에 통증이 느껴졌다. 사랑니 같았다.

— 냄새도 중요하지만 더 중요한 건 소리야. 소리를 잘 들으
면 돼.

네가 말했다.

소리가 겉도는 거 같았다. 연기가 많이 났다. 고기가 탔다.
너는 말없이 탄 고기를 잘랐다. 나는 말없이 먹었다. 겉은 검
고 속은 질긴 고기를. 냄새가 좋았다. 내가 탄 고기를 좋아한
다는 걸 알게 되었다.

고기를 씹자 이빨의 통증이 가셨다. 천천히 씹고 싶었다. 계
속 씹고 싶었다. 질기고 질긴 불안을. 말할 수 없는 불안을. 씹

어서 떨칠 수 있게. 턱이 얼얼할 때까지.

불이 작아지고 있었다. 우리는 작아지는 불 앞에서 불이 작아지는 소리를 듣고 있었다. 불안은 사그라지지 않았다. 잠시 숨길 수 있을 뿐이었다. 나 자신에게. 연기와 냄새에 절어 가면서.

음모라고 보도되었다. 메시지가 의심스럽다는 거였다. 시위대와 생각이 같아서. 외계 비행체의 것이 아닌 가짜 메시지일 수 있다고 했다. 외계인을 사칭하는 해킹 조직이 배후에 있을 거라고. 외계를 내세워 세계를 뒤흔들려는.

그게 해킹으로 가능한 일일까. 메시지 내용을 가지고 가짜라고 할 수 있을까. 내용이 마음에 안 든다고. 예측할 수 없는 메시지인데. 인간이 가야 할 방향을 가리키는 거 아닐까. 우리 스스로 바로잡을 수 있게. 공방이 오갔지만 확인할 길이 없었다. 갈수록 메시지의 진위가 흔들렸다. 외계의 메시지가 맞는지 혼란스러워하는 사람들이 늘어 갔다.

의도된 거였다. 주의를 흐트러뜨리고 혼란을 노린 거였다. 목적은 다른 데 있었다. 저항의 불길을 꺼뜨리려는 데. 시위를 깨뜨리려는 데.

이제 메시지가 외계의 것인지는 중요하지 않아 보였다. 외계 메시지일 수도 있지만 왜 그 방향을 따라야 하냐는 거였다. 그들의 실체도 모르는데 메시지는 왜 의심하지 않느냐고 했다. 다른 의도가 있는지도 모르는데. 인간을 무너뜨리려는 건지도 모르는데. 지구의 진화를 가로막기 위해. 그러니까 외계와 같이하겠다? 지키는 것보다 깨고 부수는 게 쉬우니까. 그 다음은? 외계의 지배 아래 놓이겠다? 인간의 모순보다 외계의 지배를 택하겠다? 자신을 지배하는 게 뭔지도 모른 채?

만국의 자본이 단결하고 있었다. 그들은 위기를 들고나왔다. 상황을 반전시키려. 또 다른 모순이 필요한 거였다. 모순이 밝혀질 상황에 몰리자. 모순으로 모순을 가리기 위해. 모순을 유지하기 위해. 아무것도 바뀌지 않도록.

전쟁까지 들먹였다. 외계의 공격에 대비해야 한다고. 언제든 전쟁을 치를 수 있도록. 언제 공격해 올지 모르니까. 긴급 상황은 그들 아닐까. 그들이 왔고 그것이 출몰하는 긴급 상황이니까. 그들의 메시지는 선전 포고 아닐까. 접촉할 단계가 아니라면서 실은 간섭하고 있으니까. 분열을 일으키고 있으니까. 계속 위기를 퍼뜨렸다. 전시로 몰아갔다. 반복적이고 집요하게. 눈과 귀를 가리려는 건지. 시위가 묻히도록. 저항이 드러나지 않도록.

그들의 의도대로 흘러간다고 생각하는 거 같았다. 저항의 불길이 잡혔다고. 드러내 놓고 목소리를 높였다. 지금이 분열할 때인지. 외계 앞에서. 외계와의 전쟁을 앞두고. 이럴 때일수록 힘을 모아야 하는 거 아닌지. 위기가 그들의 무기였다. 그것으로 물음을 틀어막으려 했다. 물음을 갖지 않도록. 저항을 생각하지 못하도록. 그러기 위해 물음을 변질시켰다. 저항을 변질시켰다. 인간에 대한 배신으로. 외계의 편에 서는 변절로.

저항은 시달렸다. 무슨 일이 일어나지 않았을까. 일어나야 할 일이 일어나지 않았을 때 세계는 그걸 닫기 시작했다. 세계가 닫힌 느낌이었다. 더 깊은 물음에 빠져드는 느낌이었다. 스스로에 대한 물음일지도 모를. 충분히 묻지 못했을까. 의문은 물음이 되어 나오지 못했다. 묻지 못한 물음으로 남았다. 거둬들일 수도 걷어 낼 수도 없는.

묻지 못한 물음이 거리를 떠돌았다. 뭐 하나 바꿀 수 없었다. 자본은 바뀌지 않았다. 지구는 바뀌지 않았다. 달라지거나 나아질 거라 기대할 수 없었다.

외계 비행체의 영향도 적지 않았다. 외계에서 온 게 분명해지고 있었기 때문이다. 자본이 외계를 끌어올수록. 숨길 수 없는 사실이었다. 더 미룰 수 없는. 바꿔야 할 세계가 달라진 거였다. 바꾸려는 세계가 이 세계가 맞는지.

– 긴급 상황은 자본주의다. 자본주의를 극복하지 못하는 행성은 멸망한다.

목소리가 줄어들고 있었다. 외칠수록 작아지고 있었다. 열의가 꺾여 보였다. 피켓은 생기가 없었고 깃발은 나부끼지 않았다. 메시지도 여전히 불분명했다. 외계 비행체로부터 온 게 맞는지.

집회가 줄어들고 있었다. 산발적 시위가 되어 가고 있었다. 경찰도 힘이 빠져 보였다. 대치가 불필요하다는 태도였다. 길을 막고 지켜보고 있을 뿐이었다. 시선은 분산돼 있었고 제복은 낡아 있었다. 비둘기들이 내려앉아 바닥을 쏠았다.

너는 없었다. 시위대 사이를 살피고 돌아다녀도.

6

상공에 수십 개의 드론이 난다. 해변에 그림자가 어지럽게 얼룩진다.

너와 드론의 거리가 좁혀지고 화면이 너의 얼굴로 채워진다. 드론 카메라에 잡힌.

손 내밀어 만져 보고 싶다.

후속 메시지를 기다렸지만 오지 않았다. 지구 반응을 지켜보는 거 같았다. 인간의 혼란과 논란을. 원하는 반응을 얻기 위한 침묵일까. 약간의 겨를을 둬 충격을 줄이려는 걸까. 알 수 없었다. 섣불리 대응할 수도 없었다. 어떤 결과를 가져올지 알 수 없었다. 예의 주시하며 기다릴 수밖에 없었다.

긴급 상황에 대한 논란은 계속 이어졌다. 차츰 지구 내부로 시선을 돌리고 있었다. 긴급 상황을 알아내기 위한 실마리라도 찾아야 했다. 예기치 않은 것 하나라도 실마리가 될 수 있었다. 열띤 공방과는 달리 주의 깊게 살피는 흐름이었다. 외계 메시지를 대하는 전환점이 온 거 같았다.

기후 변화와 환경 파괴도 이야기되었다. 그것이 행성 수준을 가늠하는 잣대일 수 있다고 했다. 환경 문제를 통제하지 못한 행성은 일정 수준에 이를 수 없을 거니까. 우주 환경협약 같은 게 맺어져 있을 우주 공동체의 일원이 될 수준에. 자기 행성을 망가뜨리는 문명을 어떻게 일원으로 받아들일까.

인간이 문제일 수 있다는 말이었다. 긴급 상황은 인간 자체일까. 지구의 위기는. 인간의 위기는.

너에게서도 아무 연락이 오지 않았다. 전화도 문자도.

괜찮은 거지? 아무 일 없는 거지?

나는 문자를 보냈다. 너는 아무 답이 없었다.

더 긴급한 일일 거라는 반론이 오갔다. 기후 변화가 긴급한 일은 아니니까. 오랜 시간 예상돼 오던 거니까. 그보다는 바이러스 문제가 한층 긴급하다는 이야기가 돌았다. 지구 곳곳에서 신종 바이러스가 어느 때보다 많이 나타나고 있다고 했다. 인간에 치명적인 변종이 생길 가능성이 높다고.

외계에서 그렇게까지 지구를 관찰한다는 걸까. 세밀하게 들여다보고 있다는 걸까. 논란이 뒤따랐다. 지구를 실험하고 있다는 반증일까. 그렇다면 실험 실패일까. 지구는 바이러스 덩어리가 되어 버린 걸까. 인간은 격리 대상이 된 걸까. 그게 방문을 제한하는 이유일까. 접촉을 꺼리고 메시지만 보내는.

인간이 알지 못하고 있는 상황일 거라는 데 생각이 모아지고 있었다. 알게 되어도 어떻게 해 볼 수 없는 통제 밖의 일이라는 데. 외계 비행체의 메시지가 경고로 느껴졌기 때문이었다. 알지 못하고 있는 위기를 알리기 위한. 도움을 주기 위한 걸 수도 있었다. 인간을 위기에서 보호하기 위한 걸 수도. 우주는 생각보다 지적 생명체가 드물어서. 긴급 협의로 제한을 풀고.

적어도 지구를 침공하려는 거 같지는 않았다. 식민지로 만들거나. 그럴 생각이라면 무력시위를 했을 거니까. 우리가 평화를 원한다는 걸 먼저 밝혀야 한다고도 했다. 평화 선언이라도 해야 한다고. 평화를 깨뜨리는 어떤 일도 해선 안 된다고.

괜찮은 거야?

나는 다시 문자를 고쳐 보냈다. 계속 고쳐 보냈다. 네게 연락이 오기를 기다리는 수밖에 없었다.

외계 비행체를 두고 명상하는 사람들이 있었다. 비행체를 따라다니는 사람들도 있었다. 세계 곳곳에서 그런 행렬이 목격되었다. 단순 추적이 아니었다. 출몰 지점을 예상하고 미리 가 있기도 했다. 예상이 들어맞는 경우는 없었지만. 그것은 항상 예상이 빗나간 곳에 나타났다. 언제 어디서 출몰할지 알 수 없었다. 그래선지 순례 같아 보이기도 했다. 그런 순례 행렬에 너도 섞여 있었던 걸까.

외계 비행체의 침묵이 계속되자 근거 없는 이야기가 돌았다. 후속 메시지를 보내지 않는 이유가 언어에 익숙지 않아서라는 거였다. 언어를 사용하는 데 불편을 겪고 있어서. 그들은 언어를 사용하지 않으니까. 언어 없이 생각하고 의사소통할 수 있으니까. 언어가 아닌 무의식으로. 그들의 무의식은 언어보다 투명할 거라고 했다. 언어로 전달할 수 없는 걸 전달할 수 있다고. 그래서 언어가 불편할 수밖에 없다고. 언어로 생각이 불분명해지니까. 소통이 불투명해지니까. 그들에게 언어는 독일 수 있었다. 언어에 중독되는 걸로 느껴질 수 있었다. 그럼에도 무릅쓴 이유가 있을 거였다. 잘 해독되지 않을 언어 중독을. 제한돼 있을 언어 사용을.

이상한 이야기였다. 외계 비행체가 흘린 이야기인지. 그들의 말을 옮긴 건지. 인간은 그들과 같은 무의식을 가질 수 없었다고 했다. 그들과 달리 언어를 사용하는 방향으로 진화했다고. 뱀 혀에 닿은 거같이 언어가 옮기는 독이 올랐다고. 인간은 말을 해야 했고 문자를 만들어 써야 했다. 언어로 생각을 해야 했다. 투명하지 않은 생각을. 언어의 독이 퍼지듯이. 생각이 아니라 중독이었다. 해독할 수 없는.

언어가 투명하지 않은 건 맞는 거 같았다. 우리가 그랬으니까. 말만으로는 모자랐다. 나누고 나눠도 모자랐다. 모자란 게 아니라 어긋나는 거 같았다. 나누면 나눌수록 어긋났다.

– ……말해 봐.

내가 말했다.

– 무슨 말.

네가 말했다.

- 아무 말이라도.

- …….

말을 덜어 내도 어긋났다. 더 덜어 내지 못할 때까지. 서로 할 말이 없다는 걸 확인할 뿐이었다. 할 말 없는 대화같이. 할 말이 없어도 말을 해야 하는.

- …….

- …….

침묵이 밀려왔다. 말이 멀어질 때 밀려오는. 언젠가부터 너는 말이 없어졌다. 말보다 침묵을 더 많이 나누는 거 같았다. 나는 침묵을 골랐다. 말과 말 사이를 메우고 있는. 닿지 않는 침묵이었다. 침묵도 투명하지 않았다.

7

드론이 늘어나고 있다. 너의 얼굴이 여러 방향에서 잡힌다.
꿈꾸는 거 같은 얼굴이다. 텅 빈 표정으로.

　인간도 무의식을 주고받을 수 있다고 했다. 꿈을 무의식이
오가는 통로로 만들어. 꿈은 단지 무의식의 백업이 아니니까.
나의 꿈은 나의 무의식으로만 이뤄지지 않는다고 했다. 나는
나의 백업이 아니라고. 나는 나의 밖에도 있었다. 내가 모르는
곳에도 있었다. 겪어 보지 않은 걸 경험할 수 있으니까. 기억
에 없는 걸 떠올릴 수 있으니까. 꿈에 입장만 하면 되었다. 무
의식의 극장에. 꿈으로 상영되는.
　서로를 꿈으로 초대하자. 서로의 꿈을 방문하자. 서로를 꿈
꾸고 서로를 찾자. 서로의 꿈속을 오가며 꿈을 나누자. 꿈을
연결하자. 연대하자. 계속되는 메아리같이. 서로를 부르는 꿈

을 찾아. 서로를 찾는 꿈을 기다리며. 누가 접속할지 모르지만. 누가 접속할지 모르니까. 꿈부터 해방되자.

꿈속에서 외계와 접속한다는 사람들도 있었다. 언어를 주고받는 것과 다른 대화가 이뤄진다고 했다. 대화 자체가 달라진다고. 무의식의 주파수가 서로 맞아서라고도 했다. 그들 쪽에서 주파수를 맞추는 건지도 모르지만. 그들의 무의식이 꿈속을 흐르는 건지도. 그러니까 꿈꾸는 사람의 꿈이 아닌지도.

외계인을 만났다는 사람들도 적지 않았다. 꿈꾼 사람마다 다른 모습으로 나타났다. 인간과 생각 이상으로 비슷하다거나. 완전히 다른 물질로 이뤄진 다른 생명체라거나. 에이아이나 사이보그라거나. 확인은 불가능했다. 시도도 할 수 없었다. 비행체 안에 외계인이 타고 있는지조차 알지 못했다.

너는 자면서 가볍게 웃었다. 꿈이 네 얼굴에 웃음을 드리우는 거 같았다. 말라 가는 그늘 같은. 너의 꿈결에서 마른 향이 났다. 숨결에선지. 살결에선지.

나는 너의 잠든 얼굴을 바라보다가 곁에 누웠다.

– 잠든 사람을 보고 있으면 그 사람 꿈에 나오지 않는대.

너의 말이 생각나서. 너를 잠 속으로도 떠나보내고 싶지 않아서. 그늘을 옮기듯 같이 잠들었다. 잠결에 들리는 종이 소리가 그걸 도왔다.

우리는 그대로 오후 내 잠들었다. 마른 숨을 나눠 쉬며. 자다 깨 네가 자고 있으면 나는 다시 잤다. 잠든 너를 보고 계속 잤다.

－밖에 누가 있어.

잠결에 네가 말했다. 자면서도 나는 듣고 있었다. 잠 속으로 들리는 너의 말을.

－무슨 말이야.

나는 말하고 싶었지만 할 수 없었다. 말이 입 밖을 나오지 못하고 잠 속을 맴돌았다. 깊어지는 그늘 속을.

그다음은 기억나지 않았다. 그런 낮잠은 기억나지 않는 꿈이 좋았다. 너와 같은 꿈을 지우는. 같은 기억을. 뭐가 지워졌는지 모르게. 꿈도 닮아 가는 거 같았다. 미간이 닮아 가듯이. 낮잠을 같이 자면 왜 닮아 가는지 알 거 같았다.

깨어나 보니 창이 닫혀 있었다. 열어 놓고 잤는데. 깨어나도 꿈속 같았다. 잠에서 깼다는 느낌이 없었다. 깨어나지 못하는 건지도 몰랐다. 기억나지 않는 꿈속에서. 긴 잠으로도 빠져나올 수 없는.

그렇게 침대에서 많은 시간이 흘렀다. 많은 시간이 잠으로 이뤄졌다. 잠으로 사라졌다. 하루에도 여러 번 잠들고 여러 번 일어났다. 여러 번 일어나지 않았다. 같은 잠인지 다른 잠인지 구별되지 않았다. 같은 날의 잠인지 다른 날의 잠인지. 밤낮이 수시로 바뀌어 어느 날인지 몰랐다. 방이 밝아 오고 있는지 어두워지고 있는지.

아침이 다 되어 잠들었는데 깼을 때 전날 저녁인 적도 있었다. 전날의 방에서 다시 잠들어야 했다. 잠으로 전날을 보내야 했다.

　제자리에서 시간을 놓치고 있었다. 아침을 놓치고 저녁을 놓쳤다. 나도 놓쳤다. 몸이 멀어지는 거 같았다. 잠결에 몸살이 내리는 거 같았다. 몸살이 내리고 어둠이 내렸다. 어둠이 내리고 머리가 자랐다. 잠 속으로 쏟아진 머리가. 물기가 마르지 않는. 머리가 자랄수록 깊어지는 잠이었다. 꿈속에서도 자고 있었다.

　- 지금은 인간 사상 가장 중요한 꿈을 꿀 때입니다. 그러기 위해서는 꿈을 바꿔야 합니다. 지금껏 꾸지 않았던 꿈을 꿔야 합니다. 꿈꾸지 않았던 현실이니까.

　영상이 올라와 있었다. 말하는 사람의 눈이 몽롱했다. 몽롱한 액정 같았다. 꿈꾸는 건지 깨 있는 건지 알 수 없었다. 눈 뜨고 꾸는 꿈인지. 눈을 깜박이지 않았다.

　- 꿈은 또 다른 현실입니다. 꿈이 없으면 다른 현실을 꿈꿀 수 없습니다…… 중요한 일은 꿈에서 일어납니다.

　눈이 얼룩지는 거 같았다. 액정을 어지럽히는 얼룩같이. 무의식의 얼룩이 어리는 건지. 꿈이 상영되는 건지. 눈에 자막이 흐를 거 같았다.

꿈이 꿈꾸는 사람을 바꿔야 합니다. 현실을 바꿔야 합니다. 그러기 위해 더 많은 꿈을 꿔야 합니다. 계속 꿈꾸도록 해야 합니다. 지구의 꿈이 될 때까지. 모두 같은 꿈 안에서.

영상에 자막이 흘렀다.

다시 잠 속으로 돌아가라. 눈을 감고. 꿈을 밀어 넣고. 꿈꾸는 게 중요하다면. 괴물이 되고 싶지 않으면. 잠으로 회복될 수 있다. 괴물의 눈을 감고 천사의 잠을 자라.

글이 달려 있었다.

8

눈이 내리고 있었다. 발자국을 지우며. 지워지는 발자국이 점자 같았다. 소리 없이 눈이 쌓이고 있었다. 고요가 쌓이고 있었다.

지워지는 발자국을 따라갔다. 지워지는 발자국을 밟으며. 바람에 눈발이 흩날렸다. 발밑이 흐려졌다. 눈이 흐려졌다.

안개였다. 꿈속이 안개에 덮이고 있었다. 바람이 느려지고 있었다.

네 발자국이었다. 네가 지나간 뒤 눈에 묻히는. 내가 꿈꾼 뒤 사라지는.

빛이 스며들고 있었다. 잠 속이 밝아 왔다. 꿈이 걷히고 있었다. 안개가 걷히고 있었다. 바람결에 안개가 쓸렸다.

꿈 밖으로 나와야 했다. 꿈이라는 걸 알게 된 순간 접속이 끊겼다. 안개가 걷히자 안개 속의 일을 잊었다. 꿈을 잠 속에 놓아두고 눈을 떴다.

네가 돌아와 있었으면 했다. 네가 와서 깬 거였으면.

- 돌아왔네.

일어나서 말하고 싶었다. 네가 나를 보고 있어서.

말하지 못했다. 너는 돌아와 있지 않았다. 다시 잠들고 싶은 생각뿐이었다. 깨어나고 싶지 않았다. 꿈속으로 다시 넘어가려 했다. 접속을 열어 두려. 사라진 꿈을 어떻게 찾아야 할지. 사라진 발자국을.

꿈이 바닥나 깨어났다. 바닥이 나를 두드렸다. 꿈이 빈 건지. 어디로 새 나갔는지. 나는 내 꿈의 관객일 뿐이었다. 깊고 긴 꿈이어도.

빈 침대였다. 내가 누워 있어도. 네가 없어도 나는 침대를 다 쓰지 못했다. 반을 비워 두고 잠들었다. 갈수록 빈자리가 커지는 거 같았다. 네가 누웠던 자리가. 네가 누웠던 그대로 너를 기다리고 있는.

무슨 꿈일까. 알 수 없었다. 별 의미 없는 꿈이라고 생각했다. 뭘 의미하는 거 같지 않았다. 내 꿈은 안 맞으니까. 잘 떨쳐지지 않았지만. 더 깊은 꿈을 기억해 내야 할지. 그 속에 숨겨져 있는 게 있는지.

- 누워 있어. 더 누워 있어도 돼.

너는 말했었다. 잠긴 거 같은 목소리로.

우리는 아무것도 안 했다. 아무것도 할 수 없었다. 할 수 있는 게 없어서. 하고 싶은 게 없어서. 아무 일도 일어나지 않았다. 아무것도 이뤄지지 않았다. 아무 생각도 없었다. 생각이 빠져나가고 있었다.

섹스. 그거 말고 뭐가 더 필요한지 너는 알려 주지 않았다. 그거면 되었다. 그 밖의 것은 생각하지 않았다. 말하지 않았다. 마임 같았다. 마임으로 하는 섹스였다. 말이 필요 없는.

너는 곧바로 소름이 돋았다. 한번 돋은 소름이 내리지 않았다. 너의 소름이 나를 깨웠다. 나에게 옮아왔다. 소름이 질겨지는 거 같았다.

귓불이 마르고 있었다. 복사뼈가 식고 있었다. 소름이 복사뼈를 빠져나갔다. 홀가분했다. 우리의 섹스가 지쳐 갈 때의 홀가분함이 있었고 그런 홀가분으로 밀려오는 무료함이 있었다. 벗어 놓은 허물같이 묽어져 가는 시간이었다. 묽어진 얼굴로 서로의 무료함을 나누는.

- 누워 있어. 더 누워 있어도 돼.

반복 재생되는 거같이 들려오는 말이었다. 나는 몸이 가라앉았다. 누워서 너의 말을 들었다. 누워서 TV를 보았다. TV 속에 우리가 있었다. 망가진 TV 속의 나체로.

우리는 그렇게 누워 있었다. 나오지 않는 TV와 입지 않는 옷 가운데. 나갈 일이 없어서 입을 일이 없었다. 입지 않는 옷 너머로 계절이 오고 갔다. 계절을 알 수 없었다. 어느 계절을 나야 할지. 옷이 계절에 맞지 않았다. 계절을 놓치고 유행을 놓쳤다.

옷을 사지 않았다. 뭘 살 생각을 하지 않았다. 아무것도 필

요 없었다. 아무것도 없었다. 소유로부터 자유로워지고 있었
다. 그래야 했다. 자유롭고 싶지 않아도. 소유의 감각을 잃고
있었다.

　우리가 가진 건 시간뿐일지도 몰랐다. 시간뿐이었으니까.
우리가 소비한 건. 시간을 아끼지 않았다. 서로 아까워하지 않
았다. 너의 것인지 나의 것인지 구별할 수 없는 시간을. 아껴
봤자 남지 않는. 우리 시간이 아닌지도 몰랐지만.

　- 죽어 가고 있는 가족에 관한 꿈이래.

　너는 말했었다. 해몽 사이트를 뒤적여 꿈을 올려 보더니.

　- 무슨 꿈인데?

　내가 말했다.

　- 흰 원숭이를 태우는 꿈이었어. 횃불을 든 아이가.

　- 원숭이를? 아이가?

　- 원숭이 눈에서 불이 뿜어져 나왔어. 눈빛이 번쩍번쩍했
어…… 아이가 그 눈을 따라 하고 있었어. 빠르게 깜빡거리
면서.

　- …….

　- 여기서는 태어나지 못한 원숭이의 꿈이라네…… 아니 깨
어나지 못한.

　네가 말했다. 다른 사이트에서 풀이된 해몽이었다. 너는 잠
깐 살펴보더니 천천히 그걸 읽었다. 풀이가 아니라 해부에 가
까웠다.

이 세계는 한 원숭이의 꿈입니다. 오래된 꿈입니다. 그 원숭이가 이제 깨어나려 합니다. 눈을 뜨려 합니다. 원숭이가 깨어나면 이 세계는 끝납니다. 순식간에 사라집니다. 원숭이가 꾸는 꿈속의 아이는 그걸 알고 있습니다. 그걸 알고 공포에 질립니다. 어떻게든 원숭이가 깨어나지 못하게 막아야 합니다. 계속 잠들어 있게 해야 합니다. 꿈꾸게 해야 합니다. 그렇게 하지 못한다면 어떻게 될까요. 어떻게 해야 할까요. 깨어나기 전에 없애야 할까요? 눈뜨기 전에 태워 버려야 할까요? 원숭이의 꿈은 어떻게 되는 걸까요. 원숭이가 꿈꿨던 이 세계는. 아이는 원숭이의 꿈을 빼내려 합니다. 원숭이의 잠에서 꿈만을.

당신은 이 꿈의 주인이 아닙니다. 이 꿈은 당신에게 맞지 않습니다. 당신만의 것이 아닙니다.

네가 사라지자 필요한 게 보였다. 필요한 만큼 해야 하는 게. 하려 해서가 아니었다. 가지려 해서가 아니었다. 가질 필요가 없어서 갖게 된 건 놓을 수 없었다. 아무것도 하지 않아서 하게 된 건. 그걸 몰랐다. 네가 사라지기 전에는.

　나는 보고 있었다. 네가 보던 창을. 네가 돌아오고 있다고 믿고 싶었다. 희미한 빛이 다가오고 멀어지는 순간순간. 얼굴이 보였다. 망가진 TV 속에. 너의 얼굴 같았다. 거기 담아 놓았을까. 사라질 걸 알고.

전화가 왔다. 스팸이었다. 꿈의 앞부분이 생각났다.

우리는 비상계단을 올라갔다. 먼 곳의 종소리가 맴돌고 있었다. 부서진 벽돌 조각이 밟혔다. 계단 끝에 복도가 있었다. 문이 떨어져 나간 방들이 있었다.

우리는 구석으로 숨어들었다. 해진 이불을 덮고 누웠다. 서늘한 회벽 냄새가 났다. 너와 몸을 붙이고 있어도 몸이 떨렸다. 이불이 차가워지고 있었다.

이불 밑으로 너를 찾았다. 이불 속에 같이 있는데도.

이불을 걷었다.

너는 없었다.

– 어디 있어? 어디?

나는 복도를 달렸다. 복도를 달리자 복도가 사라졌다. 계단을 뛰어 내려가자 겨울이었다. 뒤돌아서 입김을 불었다. 입김 너머로 눈이 내리고 있었다. 눈 위에 난 발자국이 보였다.

나는 알 거 같았다. 이 꿈을 꾸는 게 누군지. 너의 꿈속이었다. 너는 사라졌다. 나를 너의 꿈속에 남겨 두고. 나는 너의 꿈속을 혼자 헤맸다. 꿈속으로 쌓이는 눈 속을. 지워질 발자국으로.

9

바람이 분다. 너의 얼굴에 닿은 바람이 부서진다. 바람에 머리카락이 휘감긴다.

드론이 너를 포위하고 있다.

바이러스가 돌았다. 알려지지 않은 신종이었다. 증상도 그랬다. 어디가 안 좋은지 몰랐다. 안 좋은 데를 집을 수 없었다. 안 좋은 데가 있는데. 어디가 안 좋은 사람들이.

감염되면 몸을 놓치는 거 같은 느낌이 든다고 했다. 몸이 생각대로 움직이지 않는다고. 물 먹은 종소리가 들린다는 사람들도 있었다. 그 소리에 몸이 흩어질 거 같다고도 했다. 뭐라도 붙잡고 있지 않으면.

중력 바이러스라는 이야기도 있었다. 중력을 잘 못 느끼는 증상이라는. 중력을 잃는 건 아니지만. 갈수록 증상이 더해 갔다. 모든 게 헛손질 같다고 했다. 생각도 멀어지는 거 같다고. 다시 생각해 보려 해도.

감염 원인을 알 수 없었다. 경로도 밝혀지지 않았다. 뭐가 어떻게 번진다는 건지. 어떻게 대응해야 할지도 알 수 없었다. 검진도 확진도 없었다. 단지 마스크를 쓰고 다녔을 뿐이었다. 달리 방법이 없었다. 사람이 사람을 멀리하는 수밖에.

몸에 힘이 없었다. 네가 사라지고 나는 중력을 잃었다. 네가 사라지고 알게 되었다. 네가 나의 중력이라는 걸. 내가 없었을 까. 너의 중력에는. 나는 그림자에 몸을 맡겨야 했다. 그림자의 중력을 빌려야 했다. 몸을 놓치지 않도록. 그림자 없이는 중력이 느껴지지 않았다.

불을 껐다. 그림자가 사라졌다. 어느 그림자인지 알 수 없었다. 어느 그림자를 빌린 건지. 내가 그림자 같았다. 중력을 돌려주지 못했다.

감염 원인을 두고 여러 이야기가 돌았다. 폰으로 전파된다는 이야기도 있었다. 실제 바이러스가 아니라 뇌가 해킹되는 거라고 했다. 바이러스에 감염된 게 아닌데 바이러스로 잘못 인식하도록.

감염자들은 꿈을 꾸지 못한다고 했다. 무의식의 끈을 놓친다고. 무의식을 놓치면 꿈도 멈추니까. 무의식을 바이러스로 인식하고 지우는 증상이 나타난다고도 했다. 그들은 눈을 치켜뜨는 거같이 환자가 넓어진다고 했다. 눈 뜬 채로 백일몽에 빠진다고. 꿈 없는 백일몽에. 무의식을 잃어버린 채.

너의 옷이 보였다. 너를 기다리고 있는. 희미하게 빛이 내려 앉아 있었다. 옷에 보풀이 이는 거 같았다. 너의 중력일까. 너의 중력이 영향을 미치는 걸까. 알 수 없이 심장이 두근거렸다. 심장의 중력이 느껴졌다.

두 사람이 하나의 심장을 공유할 수 있을까. 떨어져 있어도. 멀리 있어도. 손에 잡힐 듯 맥박이 뛰었다. 너에게 맥박을 보냈다. 자정의 심장에서 떠낸.

심장이 열기구같이 떠올랐다. 중력이 몸을 빠져나가는 거 같았다. 무중력이 필요했는지도 몰랐다. 무중력에 맡겨야 했는지도. 내 것이 아닌 무중력을 타고 너에게 가닿길. 그래야 공유할 수 있을 거 같았다. 누구의 것도 아니어야.

외계 비행체가 뿌린 바이러스라는 이야기도 돌았다. 생체 실험일 거라고 했다. 인간에게 미확인 바이러스를 감염시키고 그 경과를 지켜보는. 그게 외계 비행체가 온 목적일지도 모른다고.

언어 실험이라고도 했다. 인간에게서 언어를 지우기 위한. 인간을 바꾸려면 언어를 제거해야 하니까. 더 이상 언어를 사용하지 않도록. 언어로 생각하지 않도록. 외계 메시지가 바이러스를 퍼트린 건지도 모른다고 했다. 모두가 감염됐을지도 모른다고. 그런 이야기를 퍼트리는 자체가 감염 증상일지도 몰랐지만. 감염된 언어일지도.

실제로 말이 어눌해지는 감염자들이 있었다. 발음이 무뎌진다거나 혀를 놓친다거나 해서. 말이 빠져나간다고도 했다.

말이 되어 나오지 않는다고도. 목소리가 잘 나오지 않는다는 사람들도 있었다. 목이 잠기고 갈라져서. 목소리와 귀 사이가 뜨는 거같이.

애초 인간의 언어가 외계에서 왔을 거라는 이야기도 있었다. 그렇지 않고서는 인간이 언어를 갖게 된 걸 설명할 수 없으니까. 도움인지 실험인지 모르지만. 오류나 결함일 수도 있었다. 예기치 않은 방향으로의 진화일 수도. 뭔가가 잘못돼 있고 그게 차례차례 닥치는. 되돌릴 수도 멈출 수도 없이. 그래서 다시 언어를 거둬 가려는 걸 수도 있었다.

외계 비행체는 계속 침묵을 지키고 있었다. 우주의 침묵 같았다.

10

빗소리에 깨어났다. 비가 잦았다. 비가 오면 바이러스가 더
퍼지는지 가라앉는지 알 수 없었다. 비 냄새가 변하고 있었다.
가라앉아 있던 비가 일어났다. 창으로 비가 들이쳤다.

비가 오면 우리는 더 깊이 누웠다. 비가 보이는 깊이였다.
바닥을 튀어 오르는.

빗소리가 눈썹에 쌓였다. 귀의 수위가 올라가고 있었다. 귀
가 잠기는 거 같았다. 말을 하면 목소리가 눌렸다. 멀리서 말
하는 거 같았다. 가만히 누워 멀어지는 거 같았다.

빗소리를 들으며 잠들었다. 잠 속으로 비가 샜다. 꿈속까지
빗소리가 섞였다. 꿈속이 젖어 들었다. 깊이를 모르는 잠이었
다. 잠이 기울고 있었다. 꿈이 샜다.

비 한가운데서 섹스에 몰입했다. 비 냄새가 땀구멍으로 스
며들었다. 비 냄새와 살냄새가 섞였다. 살냄새가 지워졌다. 우

리는 무색무취해졌다. 무색 인종같이.

너의 눈이 투명에 물들어 갔다. 내가 보이지 않았다. 네가 바라보는 곳에 나는 없었다. 마주 보고 있는데 눈이 비어 있었다. 눈에 담기지 않는 건지. 투명 인간이 된 건지. 투명해서 보이지 않는. 그게 우리를 끈덕지게 했다. 섹스를 멈추지 못하게 했다. 오르내리는 천둥소리가 비를 일으켜도. 일어나는 빗소리가 밤을 넓혀도.

땀이 맑았다. 투명 인간의 땀방울같이. 흐르는 게 아니라 굴렀다. 땀 맛이 달라진 거 같았다. 섹스의 땀과 다른 맛이 났다. 투명의 맛인지. 그게 같아질 때까지 섹스에 몰입했다. 같은 맛이 날 때까지. 지치지도 않았다. 지칠 줄 모르기 때문이었다. 땀이 식은 뒤에도.

생물 무기 실험 때문이라는 이야기가 퍼졌다. 실험 중 바이러스가 누출됐다는 거였다. 실험 기지가 도시 한복판인 것도 바이러스가 빠르게 퍼진 이유라고 했다. 도시로 위장한 기지였는지. 그게 도시의 숨은 역할이었는지.

최초 감염자가 기지의 군인이라는 이야기가 이야기에 무게를 실었다. 이야기가 사실이라는 걸 추적한 보도가 나왔다. 일반의 접근이 어려운 자료도 공개됐다. 기밀로 분류돼 있던 거라고 했다.

영상도 있었다. 침울한 얼굴의 군인들이 보였다. 하나같이 기침을 하고 있었다. 기침을 하고 침을 흘렸다. 침에 피가 섞여 있었다. 입에 무는 담배에도 피가 묻었다. 담배가 떨렸다.

담배를 든 손이. 다른 손은 방독면을 들고 있었다. 담배 연기가 피어올랐다. 군인들의 얼굴이 흐려지고 있었다. 기침이 그치지 않았다.

비가 계속 내리고 있었다. 들이치는 비에 손이 젖었다. 너의 투명이 만져질 거 같았다. 비에 묻어온. 손 안에서 일어나는 너의 눈썹같이. 비를 들여다보고 있으면 너의 투명이 보일지도 몰랐다. 눈이 닿지 않는 투명이.

관 속 같다고 했다. 너는 이 방을. 누우면 정말 관 속 같았다. 공기와 소리까지. 무덤 깊이의 반지하였다. 관에 박힌 건 못이 아니라 비였다. 땀이었다. 그러니까 서로를 못 박은 거였다. 서로가 서로를 묻은 거였다. 서로의 무덤에. 땀에 젖고 마르면서.

관 안쪽에 우리의 우주가 있었다. 고인 시간을 나누는. 우리에게 떨어져 고이는 어둠을. 어둠이 비워지지 않았다. 어둠이 눈에 익어 어둠이 보이지 않았다. 어둠 속에서 어둠을 잃어버렸다. 그래서일지도 몰랐다. 낮과 밤이 바뀐 게. 밤낮이 같아진 게.

묻히는 잠이었다. 묻히는 순간을 모르는. 멀건 오후의 멀미 같은. 깨어나면 다시 묻혀 있는 잠이었다. 깨어 있는 건지 알 수 없었다. 잠들지도 깨어 있지도 않은 거 같았다. 꿈꾸는 거 같이. 현실 감각이 없었다. 현실로부터 격리되고 있었다.

오보라고 정정 보도가 나왔다. 사실 확인이 부족했다고. 석연치 않았다. 마지못해 거둬들이는 인상이었다. 압력을 받고 있는 거 아닌지. 의혹이 가라앉지 않았다. 뭔가를 숨기고 있는 게 분명했다. 이야기를 덮으려는 거 같았다. 사실인지 아닌지 확인할 수 없도록.

바이러스 방역에 군인들이 동원됐다는 영상이 올라왔다. 폭로 영상이라고 했다.

도로에 군인들을 실은 트럭이 줄지어 있었다. 방역하는 거 같아 보이지 않았다. 벽을 둘러치려는 거 같았다. 도시 한복판을 폐쇄하고 있었다. 접근을 통제하고 통행을 제한하고 있었다. 목적을 알 수 없는 작전이라고 했다. 계속 숨기는 게 작전의 목적이었다. 생물 무기 실험도. 바이러스 누출도.

관 속의 시간이 느려지고 있었다. 어둠이 시간을 느리게 했다. 고였다 빠져나가면서. 어둠에 구멍이 났다. 우리가 메워야 할 구멍이었다. 메울수록 더 깊이 빠져드는. 깊어서가 아니었다. 알 수 없어서였다. 점점 더 알 수 없어서. 고개를 저으며 빠져들고 있었다. 우리가 거기 들어맞았다. 서로를 구멍으로 만든 건 서로였다. 서로가 서로의 구멍이었다. 눈이 나빠지고 있는 거 같았다. 우리는 서로에게 근시안이었다.

습기가 흘러들었다. 습기로 구멍이 메워지는 거 같았다. 관이 가라앉고 있었다. 벽지가 일어나고 곰팡이가 피어났다. 곰팡이가 안 번진 데가 없었다. 벽지인지 곰팡이인지 알 수 없었다. 한숨 같은 찬바람이 벽지를 들었다 놓았다. 벽지로 올라오는 곰팡이의 한숨일지. 곰팡이가 피어나는 소리일지. 곰팡이의 숨소리가 들릴 정도의 고요였다. 거기서 고요가 시작되는 거 같았다.

그럴 때면 건조한 음악을 들었다. 건조한 음악에 목마를 만큼 습했다. 시간을 들여 재생 목록을 만들고 음악을 듣는 데 시간을 들였다. 들을수록 귀가 비었다. 음악이 스며들지 않았다. 소리를 키워도 마찬가지였다. 들은 만큼 소리를 가져가는 거 같았다. 귀가 새는 거 같았다. 시간이 새는 거 같았다.

영상은 곧 삭제됐다. 군인들이 방역에서 제외됐다는 보도가 올라왔다 내려갔다. 군인들의 행방이 파악되지 않는다고 했다. 휴가를 받았다고 하지만 의심스럽다고. 휴가에서 복귀하지 않은 군인들이 늘고 있다고. 복귀할 수 없는 걸지도 몰랐다. 복귀를 막고 있어서. 돌아오지 못하도록. 휴가가 아니라 격리일지도 몰랐다.

그렇게 이야기는 묻혔다. 도시 한복판에. 사실을 들어내고 침묵을 들어앉혔다. 아무것도 밝혀지지 않았다. 둘러쳐진 벽은 걷히지 않았다.

빗소리가 그쳤다. 숨 막힐 정도로 고요했다. 고요가 들렸다. 관 속의 고요가 재생되는 거 같았다. 고여 있던 고요가 흩어졌다. 갈증이 일었다.

너는 어디를 돌아다닐까. 너의 관을 놔두고. 나는 관 속을 나오지 못하고 있는데. 아무도 묻혀 있는지 모르는. 내가 나의 무덤이 되었다. 나의 구멍이 되었다. 네가 남겨 놓은 어둠으로. 남겨 놓고 잊어버린.

단추가 떨어져 있었다. 어디서 떨어진 건지 떠오르지 않았

다. 어느 구멍을 채우고 있던 건지. 어느 구멍이 빈 구멍이 됐
는지.

11

모래 위에 너의 발자국이 돋는다. 발자국이 이어진다. 외계
비행체를 향해.

눈을 못 돌리겠다. 화면에서. 발자국이 끊길까. 네가 사라
질까.

백신이 긴급 투여되었다. 그만큼 긴급했던 건지. 바이러스
가 빠르게 퍼지고 있었다. 사태를 비관하는 사람들이 늘고 있
었다. 더 큰 사태를 불러오는 시작일지도 모른다고. 멸망의 시
작일지도. 이게 그들이 말하는 긴급 상황일까. 메시지에서 알
리고자 하는.

알 수 없는 소리가 났다. 가만히 들어 보았다. 가만히 듣는
다고 더 잘 들리지 않았다. 안 들리지도 않았다. 안 들린다고
할 수 없었다. 환청일까. 귀를 확인해야 했다.

벌레였다. 벌레가 고요를 더듬고 있었다. 벽을 기어오르며.

벌레가 많았다. 방충망도 소용없었다. 방충망을 드나드는 벌레가 아니었다. 벽으로 바닥으로 사방으로 나타났다. 우리 눈은 방을 타원 운동했다. 시선이 엉클어졌다. 시선을 먹고 사는지도 몰랐다. 잠들면 벌레가 눈 위를 돌아다니는 거 같았다. 잠을 깨면 망점이 보였다. 눈 속에 알을 낳은 건지.

공기 중에도 그게 섞여 있는 거 같다고 너는 말했다. 공기 맛이 달랐다. 밥맛도. 밥에도 그게 섞여 드는지. 알인지 눈인지 모를.

방에 구멍이 많은 건 벌레가 많아서일까. 구멍이 많아서 벌레가 많은 걸까. 벌레가 이 방의 주인이었다. 관 속의 벌레들이. 구멍을 오가며 구멍을 내는. 우리는 기생하는지도 몰랐다. 주인을 알아보지 못하고.

벌레를 걱정할 때마다 벌레가 느는 거 같았다. 귀를 긁고 신경을 긁으며. 벌레의 감정이 실린 거 같았다. 벌레가 지나가는 자리마다. 소리가 가려웠다. 귀가 가려웠다. 귀가 질겨졌다. 신경이 질겨졌다.

경과는 좋지 않았다. 백신을 투여받은 사람들이 적지 않은 부작용에 시달리는 걸로 알려졌다. 심한 통증을 일으키는 경우도 있었다. 통증이 계속되면 몸속이 들여다보이는 거같이 느껴진다고 했다. 통증이 들어서는 신경이 보이는 거같이. 자신의 몸에 공포를 느낄 만큼. 그러는 사이 통증이 더해 간다는 거였다. 졸아드는 핏줄이 눈앞에 다가오는 거 같다고도 했다.

공포가 피를 타고 돌고 있는 듯한 느낌으로. 몸을 꿰뚫고 지나가는 듯한.

환각이 일어나는 거라고 했다. 느끼지 못하던 통증을 앓게 되어서. 감정까지 건드릴 수 있다고 했다. 느낄 수 없던 감정을 불러들일 수 있다고. 잃었던 감정까지 되살아난다고. 순간순간 깊어지는 통증을 따라. 잘 가누지 못할 정도로.

이걸 견뎌야 할까. 치료를 위해 감내해야 할까. 부작용이 줄어들지 않았다. 감염 증상보다 백신 부작용이 더 컸다. 백신에 대한 불신이 커져 갔다. 불안이 커져 갔다. 투여되지 않아야 할 백신이 투여됐다는 이야기가 돌았다. 어떤 부작용이 더 나타날지 알 수 없다는 거였다.

– 어떻게 계속 달라. 달라지지 말고 있어.

나는 말했었다. 침대에 모로 누워. 사람은 살아 있는 한 달라지고 있다는 너의 말을 듣고 나서였다.

– 어떻게 계속 같아.

네가 말했다. 등 뒤에서. 우리는 등을 맞대고 있었다.

– 계속 달라지면 어떻게 계속 만나. 달라지도록 두지 마.

– 계속 달라지니까 계속 만나는 거야. 계속 다른 사람이니까.

너는 다른 사람이었을까. 그렇게 계속 달라지고 있었을까. 나는 달라지고 싶지 않았는데. 달라질 수 없었는데. 알 수 없었다. 네가 누군지. 누가 아닌지. 계속 달라지는 동안. 등 뒤가 멀게 느껴졌다.

– 잘 모르겠어. 모르지만 너라는 걸 믿어.

나는 말했다. 참고 있던 말을. 더 참을 수 없어서.

- 난 믿지 않아. 나를 못 믿겠어. 그러니까 너도 믿지 마.

네가 말했다. 거짓말이었다. 나는 너의 거짓을 알아보았다. 너의 말을 거짓말이라고 믿었다. 그건 믿음이었다. 내게 뭔가를 믿는다는 말은 뭐든 믿는다는 말과 같았다. 너는 너를 안 믿어도 됐다. 내가 믿을 거니까.

믿지 말아야 했을까. 너의 거짓말을. 너의 말을 거짓말이라고. 믿음은 나를 혼자이게 만들었다. 믿음을 묶지도 풀지도 못한 채.

- 우리 길을 열어 두자. 열어 놔 보자.

네가 말했다.

- 무슨 길……?

내가 말했다.

우리는 벌레들과 협정을 맺었다. 벌레들이 드나드는 길을 터 두기로 했다. 통로를 막으면 언제 어디서 나타날지 모르니까. 대신 벌레들은 통로를 바꾸지 않아야 했다. 일정한 길로만 드나들어야 했다. 일정한 수를 유지하면서.

벌레들이 협정을 받아들였는지는 알 수 없었다. 일방적인 협정이었다. 수가 더 늘지 않기는 했다. 늘지도 줄지도 않았다. 다른 길로 다니지도 않았다. 한동안은 사체만 발견됐다. 살아 있는 벌레를 볼 수 없었다. 벌레의 대이동인지. 벌레들 간 전쟁인지.

벌레의 사체가 단단해지는 밤중이면 너의 발가락이 통통해지는 걸 보았다. 나는 기어가 보고 싶었다. 너의 잠든 발가락을.

어둠이 눈에 밟혔다. 어둠 속의 작은 어둠이 눈길을 어지럽혔다. 어둠이 부화하는 거같이. 폰 불빛으로 비춰 보았다.

벌레였다. 통로를 벗어난. 새 벌레일까.

아는 벌레였다. 나는 그 벌레를 알아보았다.

벌레의 무늬가 갈라지고 있었다. 같은 무늬의 벌레로 되살아나고 있었다. 무늬를 타고. 부활하는 거같이. 부활의 원인을 알 수 없었다. 벌레의 신일지도 몰랐지만. 신의 벌레일지도. 부활하는 건 벌레가 아닐까. 무늬일까. 무늬에 영혼이 달라붙는 건지. 벌레의 영혼이 무늬를 되찾는 건지. 영혼이 드나드는 길을.

같은 벌레들이 방을 뒤덮었다. 어둠을 뒤덮었다. 전등에 들어간 벌레가 타면서 환해지기도 했다. 무늬가 진해지고 있었다. 소리가 질겨지고 있었다. 신경이 가려웠다. 영혼이 가려웠다.

백신에 대한 진실은 밝혀지지 않고 있었다. 불안이 커져 가는 가운데서도. 실험용 백신이라고도 했다. 사람을 대상으로 한. 그 또한 불확실하다고 흐지부지 묻혔지만. 절반의 진실이 드러났다 묻혔다. 드러나지 않은 절반이 불신을 더 키웠다. 드러난 진실마저 흐려지고 있었다. 뭘 믿어야 할까. 백신마저 아니라면.

사태가 어떻게 흘러갈지 짐작이 안 됐다. 대응할 방법도 의지도 없어 보였다. 이미 대응 시기를 놓친 거 같았다. 바이러스가 수그러들 기미를 안 보였다. 감염자가 계속 늘었다. 백신 부작용은 가라앉지 않았다. 내성이 생기는 게 더 문제라고 했다. 잘못된 백신이 더 강한 바이러스를 불러올 수 있다고.

불안이 분노로 차올랐다. 차오르던 분노가 시위로 발전했다. 모두 마스크를 쓰고 있었다. 얼굴을 가린 분노였다. 침묵 시위였다.

경찰은 시위의 성격을 파악하느라 분주했다. 단순 집회인지. 더 큰 시위로 번질지. 지켜보고 있던 경찰이 통제선을 쳤다. 보고만 있을 수 없다는 듯이.

시위대는 멈추지 않았다. 물러선 건 경찰이었다. 발을 맞춰 뒷걸음쳤다. 통제선이 흐트러졌다. 시위대가 통제선을 넘어갔다. 침묵을 지키며 경찰을 지나쳐 갔다.

그들은 하나둘 마스크를 벗었다. 파리한 얼굴로 숨을 돌렸다. 침묵을 머금은 채. 아무 말도 대화도 없었다. 서로 처음 보는 얼굴들이었다. 그들의 침묵이 들릴 거 같았다.

12

분신과 대화를 한다는 증상도 있었다. 자신에게 말을 건다고 했다. 혼잣말로 대화를 나눈다고. 분신이 말을 건다고도 했다. 숨소리에 묻어온 말로. 귀에 숨을 불어넣듯이. 분신에게 감염돼 가는 걸지도 몰랐다. 바이러스 증상인지. 백신 부작용인지.

연일 침묵시위가 이어졌다. 거리로 광장으로 침묵이 번져갔다. 마스크의 물결이었다. 침묵의 행진이었다. 함께 침묵을 나누는. 분노를 넘어. 침묵의 저항이라고 했다. 마스크의 연대라고.

인터넷으로 실시간 중계되고 있었다. 네가 거기 있었으면 했다. 화면으로는 잘 확인할 수 없겠지만.

알몸들이 나타났다. 한 무리의 알몸들이 시위 대열을 밀고 들어왔다. 시위대는 물러섰다. 자리를 내줄 수밖에 없었다. 느닷없는 알몸의 행진이었다. 기습 시위였다. 나체시위일까. 가장행렬 같기도 했다. 대부분 가면을 쓰고 있었다. 드러내지 않는 얼굴과 벌거벗은 몸이 한 몸이었다.

온몸이 도금된 거 같은 몸도 보였다. 금박으로 알몸을 새겨 넣은 거 같았다. 신체 중 한 군데가 없거나 못 쓰는 알몸도 있었다. 한쪽 팔에 깁스를 한 알몸도. 깁스가 풀리자 속이 비어 있었다. 깁스 속에 팔이 없었다. 남은 팔로 깁스를 들었다.

그들은 거침이 없었다. 행진을 늦추지 않았다. 영역 표시라도 하려 드는 거 같았다. 영역을 다 돌아야 한다는 듯이. 무례해 보였다. 무신경한 건지. 그들 때문에 대열이 어긋났다. 함께할 마음이 있기나 한지 의심스러웠다.

알몸인데도 그들은 알몸 같지 않았다. 벌거벗어도 알몸이 되지 않는 거같이. 천사도 있었다. 천사 날개를 달고 있는. 날개가 컸다. 날개가 알몸을 빌린 거 같았다. 몸에 천사가 붙은 건지. 기생하는 천사인지.

약을 먹었다. 방에 있던 감기약이었다. 나는 내가 아픈지 모르고 있었다. 열이 있었다. 얼마나 나는지는 알 수 없었다. 네가 없어서. 네게 열을 잴 수 없어서. 너의 손이 시원하게 느껴지곤 했다. 이마를 짚어 주던. 그것만으로도 열이 내리기 시작하는 거 같았다.

약을 삼키는 물맛이 이상했다. 물컵이 서늘했다. 먹어도 괜찮은 약일까. 서늘함 속에서 약기운이 돌았다. 약을 먹고 나서

열이 더 오르는 거 같았다. 눈 사이가 멀게 느껴졌다. 약을 잘 못 먹은 건지.

생각났다. 너와 바꿔 먹은 약이었다. 처방전이 바뀌었었다. 그래서 우리는 나았다.

– 약 때문에 나은 게 아닐지도 몰라.

너의 말이 생각났다. 너의 목소리가 맴돌았다. 약기운이 그걸 도왔다. 방에 목소리가 남아 있는 거 같았다.

아픈 건 아니지?

너에게 문자를 보냈다. 네게 닿기는 하는 걸까. 너에게 기대고 싶었다. 닿지 않는 곳에 있더라도. 들리지 않는 먼 곳의 목소리라도.

열이 내리지 않았다. 속에서 뜨거운 것이 올라왔다. 혀가 썼다. 먹은 게 없어서였는지. 속이 가라앉지 않았다. 숨이 드문드문 내쉬어졌다. 빈속이 숨을 흩어지게 했다. 구토가 나올 거 같았다.

빈속을 게웠다. 헛구역질이었다. 등이 아팠다. 두드릴 수 없는.

격리뿐이라고 했다. 분신을 벗어나는 길은. 자신을 격리할 수 있어야 했다. 자신을 놓지 않으면 분신과 격리될 수 없으니까. 격리 과정에서 체온을 빼앗긴다는 이야기도 있었다. 몸이 텅 빈 거같이 느껴진다는.

분신이 자신을 밀어내는 걸 수도 있다고 했다. 벗어나려 할수록 깊이 들어앉는 걸 수도. 열이 나고 내리기를 반복하면서.

몸이 바뀌는 걸지도 몰랐다. 분신이 자신이 되는 걸지도. 바뀌었는지도 알 수 없는.

목이 탔다. 입이 마르고 숨이 말랐다. 빈속을 달랠 걸 찾았다.

먹을 게 없었다. 사이다를 마셨다. 빈속에 차가운 노이즈가 섞여 들었다. 차가운 빛으로 환했다. 빈속이 낯설었다. 내 속이 아닌 거 같았다. 나는 빈속이고 빈속은 내 것이 아니었다.

너는 종종 굶었다. 습관적으로. 누가 굶고 있는지 몰랐다. 굶는 건 넌데 굶주리는 건 나였다. 굶주림을 떠안듯이.

– 뭐 좀 안 먹을래?

나는 말했다.

– 난 안 먹을래. 그래야 머리가 비워질 거 같아.

너는 말했다. 귀에 이어폰을 꽂으면서. 굶을 때면 너는 음악을 들었다. 대신 귀를 채우는지. 음악을 곱씹는지. 얼마나 들어야 머리가 비워지는지.

나도 이어폰을 꽂았다. 너와 마주 보고 음악을 들었다. 관속의 음악을. 빈속으로 울리는. 들을수록 무미건조했다. 배가 더 고파 왔다. 빈속에는 뭘 들어야 할지. 소리를 높여야 할지 줄여야 할지.

나는 저항해 보지만 달랠 수 없다는 걸 알고 있었다. 달래질 리 없었다. 허기가 몰려올 뿐이었다. 음악은 내 귀에서 길을 잃었다. 더 듣다가는 지칠 거 같았다. 허기에 질릴 거 같았다. 잠드는 게 나을 거 같았다. 허기를 뿌리치려면.

잠이 오지 않았다. 속이 시끄러워 잠을 설쳤다. 한숨밖에 안 나왔다. 밀려오는 허기가 한숨이 되어 나왔다. 입 안이 말랐다. 침이 고이지 않았다. 허기를 삼켜도.

주방에 불을 켰다. 0시였다. 불이 몇 번 깜박이는 사이 사과를 찾지 못했다.

– 어디 있어?

네게 물었다.

– 있던 데.

네가 말했다.

있던 데 있었다. 놓아둔 그 자리에. 어제 놓아둔 것이 오늘로 와 있었다. 사과가 어제보다 붉어 보였다.

– 안 먹을래?

네게 말했다. 너는 내 말이 들리지 않았다. 다시 이어폰으로 귀를 막고 있었다. 그럴 때 너는 다른 사람 같았다. 얼마든지 굶을 수 있을 거 같았다.

사과 먹는 소리가 0시에 내려앉았다. 0시는 날짜선으로 돌아갔다. 0시의 너는 0시의 너로 남았다.

몸에서 열이 빠져나가고 있었다. 약기운이 빠져나가는 건지. 내가 멀어지는 느낌이었다. 나와 멀어지고 있었다. 몸이 말을 듣지 않았다. 내 몸 같지 않았다.

– 내 몸이 아닌 걸까. 나는 내가 아픈 게 아닐까.

내게 말해 보았다.

알아들은 거 같지 않았다. 내가 나의 말을 알아듣지 못했다.

알아들을 수 없는 말을 해서. 말을 해 본 지 오래돼서. 귀도 멀어지는 거 같았다. 말이 공기 중으로 흩어졌다.

13

양아치라고 알려졌다. 정체를 확인할 수 없는. 그래서 알몸 같지 않은 거였다. 그들에게는 알몸이 없었다. 거래가 있었다. 알몸을 판 거라고 했다. 팔 수 있는 게 몸밖에 없어서. 양심을 팔고 영혼을 판 거라고. 영혼을 내놓아서 알몸일 수 없었다. 양심을 들어내서.

그들은 시위대를 휘젓고 다녔다. 대열을 흐트러뜨렸다. 그게 거래 조건인지. 계약된 일인지. 눈에 띄게 악의적이었다. 거침없이 거품을 물고 악을 썼다. 내키는 대로 괴성을 질렀다. 나오는 대로. 되지도 않는 소리를. 말이 되지 않는 소리였다. 아무 말도 아닌. 악밖에 안 남아서인지. 악에 받쳐서라도 몸을 팔아야 하니까.

일을 키우고 있는 거라고 했다. 집회를 방해하는 게 그들의 일이니까. 그들은 몸을 흔들었다. 도금된 거 같은 팔을 흔들고 깁스를 휘둘렀다. 없는 신체 부위를. 못 쓰는 부위를. 그걸 그렇게 쓰고 있었다. 있는 신체까지 망가뜨리는 거 같았다. 몸과 영혼이 따로 노는 거같이.

춤 같기도 했다. 악에 받쳐서 추는. 악의가 부족한 걸까. 그들의 춤에는 자신들에 대한 악의가 있었다. 자신을 멸시하고 서로를 경멸하는. 사람들이 멸시하기 전에 스스로 멸시하는 건지. 서로 경멸을 나누는 건지.

다투기도 했다. 우리는. 둘 사이를 가늠하려. 둘 사이의 온도를.

이건 네가 한 말이었다. 너는 그랬지만 나는 그렇지 않았다. 네게는 접촉이지만 내게는 충돌이었다.

둘 사이를 비집고 일어나는 열이 있었다. 둘 사이의 온도를 올리는. 열이 부글거렸다. 사이가 부풀어 올랐다. 식힐 수 없었다. 더 부풀면 터질 거 같았다.

터졌다. 사이가 폭발했다. 열이 바닥났다. 서로 바닥을 보였다. 서로의 바닥까지 내려갔다. 사이를 가늠할 수 없는.

너는 신경이 날카로워져 있었다. 바늘 끝같이. 그 신경으로 나를 찔렀다. 허를 찔리는 거 같았다. 진땀이 났다. 몸속에 바늘이 도는 거같이.

나는 모르고 있었다. 뭐가 너의 신경을 건드리는지. 그만하고 싶었다. 져 주고 싶었다. 져 주는 게 아니라 졌지만. 지는데 져 주는 척했지만. 지고 싶은 싸움을 언제까지 해야 하는지. 늘 지는 싸움을. 싸움이 되지 않는.

- 싸우다 무슨 생각해.

네가 말했다. 차가운 목소리로. 차가운 말을 뜨겁게 쏘아붙였다. 생각할 틈을 주지 않았다. 고개를 젓지 못했다.

너는 싸움에 집중하길 원했다. 끝까지 싸움을 계속하게. 끝장을 볼 때까지. 나는 자폭해야 했다. 그러지 않으면 끝나지 않을 거 같아서.

너는 입을 다물었다. 차가운 침묵이었다. 나의 자폭을 한순간에 진압하는. 온도가 떨어지는 게 느껴졌다. 나도 입을 다물 수밖에 없었다. 하려던 말을 입 안으로 삼켜야 했다. 제자리에서 침묵에 갇힌 거같이.

침묵에 파문이 일었다. 파문 한가운데 빈속이 있었다. 나의 침묵을 물거품으로 만드는. 빈속을 들키고 싶지 않았다. 다시 허기로 돌아가고 있는.

너는 나를 지나쳤다. 주방에서 소리가 들렸다. 도마 소리였다. 안 드는 칼로 썰고 저미는. 서늘했다. 내가 도마 위에 오른 거 같았다. 맛을 보여 주겠다는 건지.

너는 단호하게 상을 차렸다. 정신 차리라는 듯이. 미확인 음식이었다. 김밥 같기는 했다. 속이 없었지만. 아무 맛이 나지 않았다. 맛이 빠져 있었다.

차마 수저를 내려놓진 못했다. 아무 말도 할 수 없었다. 나는 말없이 먹었다. 내색하지 않으려 했지만 얼굴이 안 도왔다. 얼굴에 다 드러난 거 같았다.

네가 하는 음식은 맛없었다. 네가 한 음식만 먹기로 마음먹었지만 곧 그럴 수 없다는 걸 알았다. 마음먹은 그날부터 물리기 시작했다. 맛을 낼 줄도 볼 줄도 몰랐다. 혀를 더듬어도 소용없었다. 혀로는 알 수 없는 맛이었다. 혀가 맛을 보고 있는지.

그렇게 하루하루 입맛을 잃고 있었다. 배가 고프면 허기를 움켜쥐고 있었다. 점점 배가 고파 오지 않았다. 허기가 줄어들고 있었다. 빈속이 고요해졌다. 굶는 게 나을 수 있다는 걸 알게 됐다.

굶기에 익숙해지고 나서야 너의 음식을 먹을 수 있게 되었다. 입맛을 깨우지 않고 먹는 법을 알고 나서야. 그러니까 혀를 거치지 않고. 침묵의 맛이었다. 침묵을 타고 흐르는. 어떤 침묵은 달았다. 중독된 침묵인지. 혀를 잊게 만드는.

침묵을 깨뜨린 건 경찰이었다. 경찰이 시위대를 막아섰다. 시위 대열로 진입했다. 예상 밖의 진입이었다. 경고도 없었다. 나체시위가 빌미였다. 알몸들을 해산시킨다는. 타이밍을 놓치지 않았다. 짜 맞춘 거같이 들어맞았다. 그게 거래의 목적이었다. 나체시위를 빌미로 침묵시위를 진압하려는 거였다.

경찰은 몽둥이로 알몸들을 때렸다. 군홧발로 짓밟았다. 알몸을 무장 해제시키듯이. 알몸들은 따라다니며 맞았다. 몸을 사리지 않았다. 짓밟히면서 웃고 있었다. 부풀어 오른 얼굴로 군홧발을 올려다보며.

온몸이 빌미였다. 존재 자체가 양아치였다. 스스로 발작을 일으키기도 했다. 드러누워 온몸을 굴렸다. 자신의 몸이 아니

라는 듯이. 누구의 몸인지 모른다는 듯이. 서로 발작을 나누는
거 같았다. 악다구니를 있는 대로 쳤다. 자신의 뺨을 갈기고
서로의 따귀를 때리면서. 서로 짓밟고 짓밟히면서.

 - 어디 아파?
네가 말했다.

나는 목이 막혔다. 속이 답답했다. 목에 걸린 찬기가 내려가
지 않았다. 찬기에 등이 졸아드는 거 같았다. 등뼈가 지네 같
았다. 차가운 다리로 등을 오르내리는. 얽힌 거 같았다. 차가
운 손으로 만 김밥을 먹고.

 - 체했구나. 따자.
너는 손을 내밀었다. 나는 괜찮다고 했다. 괜찮다고 하다가
너의 손을 잡았다. 너에게 손을 맡겼다. 손사래를 치다가.

바늘로 손을 땄다. 바늘이 깊었다. 피가 무겁게 솟았다. 죽
은피였다. 사혈의 밤이었다. 지하로 깊어지는. 그 밤을 오래
기억할 거 같았다. 오래 잊어야 할 거 같았다.

네가 가볍게 웃었다. 입술이 자잘해지고 있었다. 잔물결이
이는 거같이. 잔물결이 내게 번졌다. 웃음이 번졌다.

웃음이 모자랐을까. 너는 겨드랑이를 파고들었다. 새 웃음
을 꺼내듯이. 새 가슴을 꺼내듯이. 웃음이 두근거릴 때까지.
두근두근 굴러갈 때까지.

겨드랑이를 푸는 거 같기도 했다. 엉킨 실을 풀 듯이. 계속
매만지고 손보면서. 신경이 미세해지는 거 같았다. 너의 손에.

나는 너의 손으로만 느껴지니까.

나는 너의 음모를 꼬았다. 한 터럭 한 터럭 너에게 옮겨지고 싶었다. 속속들이 뿌리내리고 싶었다. 힘줄도. 핏줄도. 너의 음모가 짙어지고 있었다. 엉키고 젖은.

신경전이었는지도 몰랐다. 미세한 신경으로 이어지는. 서로에게 세밀해지는. 우리는 서로 닮아 가고 있었으니까. 서로의 안 좋은 습관을. 온 신경이 바짝 달아서. 습관이 못 박히는 어떤 뜨거움이 있었다. 어긋나고 틀어지는.

못 박으려 한 게 아니라 뽑으려는 거였을까. 너는 나를 돌려놓는 중이었을까. 돌려놓는지도 모르게. 그렇다 해도 잘 되지 않았다. 돌려놓으려 해도. 뽑으려 해도. 네가 사라지고 나서도 닮아 가는 거 같았다. 너와 떨어져 있어도.

너와 싸우고 싶었다. 신경전에 빠져들고 싶었다. 네가 사라진 뒤 나는 나와 싸워야 했다. 너의 습관으로 나를 견디는 거 같이. 너와 점점 닮아 가는. 그런 나를 알아 가야 했다. 나와 익숙해져야 했다.

익숙해지지 않았다. 신경이 마를 거 같았다. 너와 싸울 수 없어서. 더 견딜 수 있을까. 와서 싸워 보자. 너의 바닥을 보고 싶다. 밑바닥까지 내려가 보고 싶다. 이제 져 주지 않아. 계속 싸울 거니까. 멈추지 않고. 밤을 지새워.

집회는 아수라장이 되었다. 시위대는 흩어졌다. 경찰의 진압은 강도를 더해 갔다. 그 또한 거래의 일부인지. 계약된 일인지.

계약에 없는 일 같았다. 알몸의 양아치들도 뜻밖인 거 같았다. 그들은 나가떨어졌다. 자신의 손발을 의심하면서 나뒹굴었다. 얼굴에서 웃음이 걷히고 있었다. 뭉개지는 얼굴로는 웃음을 지을 수 없었다. 흩어지는 표정으로는.

엎드려 기는 알몸도 있었다. 천사도 기었다. 깨진 무릎을 떨면서. 어깨를 떨면서. 발작이 멈추지 않는 거같이. 날개가 무거워 피하지도 못했다. 눈에 잘 띄는 타깃이 되고 있었다.

폭력이었다. 진압은 폭력으로 변했다. 때릴수록 강도가 세지는. 악의가 옮아간 건지. 서로 악의를 주고받는 건지. 손에 든 게 뭔지 잊은 거 같았다. 몽둥이는 검은데 몽둥이질은 번득였다.

경찰은 그들을 코너로 몰았다. 달아나지 못하게. 해산시킨다면서 해산하지 못하게 했다. 달아나려 하면 더 때렸다. 손을 저으면 손을 때렸다. 신체 중 못 쓰는 부분으로 막으면 못 쓰는 부분을 때렸다. 없는 부분으로 막으면 없는 부분을 때렸다. 달아날 수 없었다. 달아날 데라곤 자신들의 몸밖에 없어 보였다. 알몸을 되찾으려는 건지. 이미 팔아 버린 몸을. 빈 깁스로 막으면 깁스가 부서졌다. 날개로 막으면 날개가 부서졌다. 날개가 빠져 달아나도 모르고 있었다. 자신이 천사인지도 모른 채.

알몸의 양아치들은 숨을 몰아쉬었다. 몸이 바닥난 거 같았다. 빈 몸을 바닥에 내려놓고 있었다. 주저앉아 몸을 추스를 생각도 못하고. 추스를 게 뭔지. 빈 몸을 끌고 어디로 갈지. 정신이 몸을 나가 있었다. 정신도 영혼도 바닥난 거 같았다. 놓은 건지 잃은 건지.

가면이 벗겨졌다. 벗겨지지 않은 거 같았다. 맨얼굴로 보이지 않았다. 얼굴이 비어 있었다. 정체가 없는 거였다. 잃어버린 거였다. 정체를 숨기려다. 벗겨진 얼굴이 더 가면 같았다. 가면적인 얼굴이었다. 서로의 얼굴을 가면으로 만드는.

몸에서 피가 흐르고 있었다. 살갗이 벗겨져 있었다. 금박이 벗겨지고 있었다. 이제 알몸 같았다. 알몸이 되돌아오고 있었다. 피와 상처로 몸서리치는.

14

너는 그림자와 한 몸이 되어 가고 있다. 모래 위를 움직이는. 모래바람에 그림자가 옅어지고 있다. 닳아 없어지는 거같이.

그림자가 창으로 새어 들었다. 고양이 그림자였다. 창백한 빛 안에 고양이가 있었다. 물끄러미 창을 들여다보고 있었다.
고양이와 눈이 마주쳤다. 마주칠 때까지 눈을 맞췄다. 고양이와 눈을 맞추는 일은 반지하의 특권이었다. 골목을 오가는 고양이들과 낯을 익히는 일은. 기다리지 않아도 와 있었다. 언제 오는지 알 수 없었지만. 어느 쪽에서 오는지. 기다리면 오지 않았다. 기다리지 않으면 와 있었다. 왜 안 기다리냐고 묻듯이.
나는 고양이 앞에서 고양이 이상이 되고 싶지 않았다. 고양이들이 나를 그렇게 대해 주지는 않았지만. 쓰레기통을 뒤지

듯 나를 대하고 있는지도 모른다는 생각이 들기도 했다. 창 안으로 머리를 들이밀 때면. 그럴 때면 고양이 혀를 갖고 싶 었다.

　- 그건 왜.

네가 물었다.

　- 까칠해지게. 혀라도.

내가 말했다. 고양이가 발라 놓은 거 같았던 밤이었다. 혀가 힘없이 뒤척였다.

　- 괜찮지?

너는 말했었다. 네가 이 방을 구했다. 좀 더 찾아봐야 하는 거 아닌지. 이 방을 봤을 때 든 생각이었다.

　- 둘?

　- 네.

집주인과 문답을 나눴다.

　- 뭐 기르는 강아지라도?

　- 없어요.

참을성이었다. 우리가 이 방에서 기른 건. 기른다고 우리 것 이 되지 않았지만.

　- 비 온다네.

이사 날짜를 물었는데 날씨도 알려 주었다. 집주인은 집에 살지 않았다.

이사할 게 없었다. 그걸 이사라 할 수 있을지. 의문이 들 만 큼 가진 게 없었다. 가진 게 없으니 버릴 것도 없었다. 창을 열고 방을 말렸다.

- 괜찮아?

네가 말했다.

- 괜찮아.

내가 말했다.

텅 빈 첫 밤이었다. 없는 것들이 마중을 나오는. 원치 않는 마중을. 배웅이었을까. 없는 것들에 길들여져야 했다. 참을성에 비례하는. 그림자라도 길러야 했을지.

거래는 깨졌다. 양아치들은 깨달았다. 이용당했다는 걸. 그들은 고백했다. 타들어 가는 입술로. 퍼렇게 멍든 눈으로. 가면적인 고백 같았다. 고백이 될 수 없는. 폭로라고 해야 할지. 아니면 자폭이라고.

- 우리가 왜 양아치인지 이제 알겠다. 역할이 필요하다고 했다. 그렇게 나쁘게만 여겨지지 않았다. 더 나빠질 것도 없었다. 우리는 일이 필요했다. 골치 아픈 문젯거리가 되어야 했다. 진짜 문제를 가리기 위해. 다른 데로 돌리기 위해. 그게 우리를 필요로 하는 이유였다. 그 이상은 알고 싶지 않았다. 우리는 모르는 일이었다. 어디서부터 잘못된 건지. 욕먹어도 하는 수 없다. 벌을 받아야 한다면 받겠다. 우리는 틀려먹었다. 아무렇게나 굴러다녔다. 굴러먹고 빌어먹었다. 허락한다면 용서를 빌고 싶다. 용서를 빌 기회조차 없었다.

서둘러 용서를 구하는 걸까. 발 빠른 속죄일까. 속죄양
아치라도 되는 걸까. 스스로 얻어맞는 게 낫다고 믿는 건
지. 빠져나갈 수 있다면 뭐든 해야 된다고 생각하는 건
지. 용서를 구하지 않아야 한다. 스스로 용서하지 않아
야 한다.

실시간으로 글이 달렸다.

– 우리는 털어놓기로 했다. 이대로 숨죽일 수 없었다. 우리
가 모두 떠안아야 했으니까. 우리에게 잘못을 떠넘겼다. 저지
른 잘못보다 더 많이. 저지르지도 않은 일까지. 말 그대로 덮
어씌웠다. 멍청한 희생양으로 만들었다. 우리는 더 잃을 게 없
다. 또 다른 희생이 따르더라도 진실을 말하겠다. 진실을 드러
내기 위해 필요한 희생이라면. 이것만은 알아줬으면 좋겠다.
이번은 희생으로 그치지 않겠다.

고백이 이어졌다. 갈라지는 목소리였다. 목이 붉거지는. 그
들은 울분에 차 있었다. 부서진 주먹을 쥐었다. 그걸로 눈물을
훔쳤다.

정말 희생이라 생각하는 걸까. 희생을 말할 자격이 될
까. 희생양아치라도 되는 건지. 희생이라도 팔아야 하
는. 팔 게 그거밖에 안 남았으니까. 이제 뭘 팔아야 할까.

눈물을 파는 걸까. 진실이 아니라 거짓이 드러난 거다. 더 이상 속일 수 없는 거짓이. 말하는 자신들도 믿지 않는. 서로가 서로의 희생양이니까. 서로 희생을 치러야 하는. 서로 팔아먹어야 하는.

글이 달렸다.

고양이 눈에 뭔가 비쳤다. 내 눈인 줄 알았다. 고양이를 바라보는. 아니었다. 빛이 어린 거였다.

고양이는 눈 뜨고 졸고 있었다. 그 눈에 나도 눈이 감겼다. 최면에 걸린 거같이. 고양이 눈이 빛을 느리게 하고 있었다. 시간을 느리게 하고 있었다.

푸른 고양이를 보면 아프기도 했다. 고양이와 고양이 유령은 차이가 없었다. 고양이와 놀면 고양이가 되고 유령과 놀면 유령이 되었다. 혼자 놀면 혼자가 되었다. 혼자 소스라쳤다. 내가 유령 같아서. 유령같이 살고 있어서. 네가 사라진 뒤.

고양이 눈이 풀어졌다. 졸음에서 깬 고양이가 머리를 흔들었다. 일어나 돌아섰다. 돌아서는 그림자가 무거웠다. 한쪽 다리를 끌고 있었다.

그림자는 돌아가지 않았다. 창을 닫아도 서성였다. 고양이가 오길 기다렸다. 두고 간 그림자를 찾으러.

15

　시간이 해결해 주고 있었다. 바이러스 감염이 큰 폭으로 줄어들었다. 퍼진 만큼 빠른 속도로.

　증상도 통증도 가라앉고 있었다. 몸이 나른하게 비워지는 느낌이라고 했다. 들고 난 빈자리같이. 자기 몸인지 알 수 없는 느낌이라고. 자기 자신으로 다시 돌아온 건지.

　원인은 불분명했다. 바이러스가 인간을 놓았는지. 인간을 못 견뎌서 나갔는지. 알려지지 않은 면역력이 생긴 건지. 숨어서 바이러스에 저항하는.

　자기 자신으로부터 격리됐기 때문일 수도 있다고 했다. 그 틈에 바이러스가 빠져나갔다는 거였다. 원인인지 결과인지 알 수 없었다. 원인과 결과가 뒤바뀐 건지.

　바이러스에 저항하지 않았기 때문이라는 이야기도 있었다. 있는 그대로 앓게 놔둬서. 충분히 앓을 만큼 앓아서. 바이러스가 떠날 때가 됐다고 했다. 고통을 건너뛰고 나을 수는 없으니까. 고통의 과정을 거친 뒤에야 빈자리가 생기니까. 바이러스를 들어낼 수 있는.

오래전부터 멈춰 있는 곳 같았다. 이곳은. 나중에 멈춘 게 뭔지 알 수 없었다. 새로 지어지는 건물도 헐리는 건물도 없었다. 이사 가는 사람도 오는 사람도 없었다. 변화가 없었다. 있는 게 없었다. 이곳의 특징은 없다는 데 있었다. 어떤 곳인지 알았다면 오지 않았을까.

우리가 올 수 있었던 건 아무도 오지 않았기 때문이었다. 빈집이 많았다. 빈집에 둘러싸인 거 같았다. 허물어지다 만 거 같은. 남아 있는 창이 없었다. 계단도 온전한 데가 없었다. 한번 무너지면 줄지어 무너질 거 같았다. 먼지와 검댕이 빈집을 채우고 있었다.

엉뚱한 곳에 난 문도 있었다. 열려 있는지 잠겨 있는지 알 수 없었다. 안에 뭐가 있는지 없는지.

문에 불이 들어올 때도 있었다.

— 저기 빈집이라는데.

네가 말했다. 네가 헛걸 봤냐고 하면 헛걸 본 거였다. 유령이라도 봤냐고 하면 유령을 본 거였다. 보이는데 안 보인다고 할 수 없었다. 안 보이는 걸 보는 건지. 볼수록 헛것인 걸.

빈집에 누가 있는지도 몰랐다. 집을 비운 사람이 숨어 살고 있는지도. 몰래 죽어 있는지도. 죽었는데 죽은 걸 모르는 건지도. 모르고 살게 되는 건지도.

알 수 없는 소리가 들려오기도 했다. 짧고 낮게 가라앉는 소리였다. 숨죽여 웃는 웃음소리 같은.

– 들려?

– 안 들려?

귀 둘 곳이 없었다. 귀를 기웃거리는 유령들 때문에 이사 오고 며칠간 잠을 설쳤다. 유령은 소리를 틈탔다. 안 들리는 소리를 듣는지. 듣는 대로 들리는지.

없는 것들의 존재감이 다가오는 밤이었다. 유령이 살기 좋은 곳인지. 우리이기도 했다. 우리가 유령일 때가 있었다. 서로를 못 알아보고 유령이 되었다. 유령을 못 알아본 건지. 서로를 부르면 유령도 함께 불렀다. 우리에게 없는 누굴 찾고 있었는지도 몰랐다. 누가 찾아오고 있는지 모른 채. 소리를 더듬어 오는.

백신 부작용이 바이러스를 가라앉히는 데 도움이 됐다는 이야기도 나왔다. 부작용을 겪은 게 면역을 불러왔을 수 있다고 했다. 백신이 바이러스를 실험한 건지. 부작용을 실험한 건지. 뭐가 부작용인지 알 수 없게.

또 다른 증상일지도 몰랐다. 나은 게 아니라. 다른 몸이 된 걸지도. 우리 몸이 우리 것이 아니게.

– 아무도 없어. 걸어 봤는데.

네가 말했었다.

사람을 보기 힘들었다. 누가 사는지 알 수 없었다. 이웃이

없었다. 이웃이 없어도 이웃에 신경을 써야 했다. 우리를 피했다. 서로를 피했다. 이곳에 산다는 걸 부끄러워하는 거 같았다. 서로를 부끄럽게 여기는 거 같았다.

다들 없는 듯 있었다. 사는 듯 안 사는 듯. 주의를 잃지 않아야 했다. 서로 마주치지 않으려면. 서로 먼저 발견하고 먼저 피해야 했다.

맑은 날에도 골목은 어두웠다. 날씨가 무색했다. 계절과 무관했다. 맑다고 보이지 않는 어둠은 없었다. 맑아서 더 잘 보였다. 어둠이 걷히지 않았다. 길이 흐릿해져 갔다. 사람들은 흐릿한 골목을 흐릿하게 오갔다. 눌린 듯이 집으로 숨어들었다. 집을 숨겼다. 골목이 점점 깊어지는 거 같았다.

고양이 울음소리가 창을 맴돌기도 했다. 몇 바퀴 에워쌌다. 날카로운 울음소리였다. 귀가 베일 거 같은. 고양이들의 영역인지도 몰랐다. 영역 다툼 한가운데인지도. 울음을 모으는 거 같기도 했다. 돌아가며 울음을 쌓는 거 같기도. 가운데 껴 있는 우리 귀를 거쳐. 영역을 돌리고 있는 건지. 그렇게 영역을 지키는 건지. 그러니까 우리는 고양이 영역이었다. 고양이가 표시한. 귀가 깊어지는 거 같았다.

아무도 이곳을 알고 싶어 하지 않았다. 살고 싶어 사는 게 아니었으니까. 이곳이 좋아서 사는 게. 이곳을 탈출하기 위해 이곳에 살았으니까. 살아도 산 거 같지 않은 곳이었다. 살면서 잊는 곳이었다. 살수록 기억이 안 나는 곳이었다. 언제 이곳에 있었냐는 듯.

이곳은 이곳에 없었다. 이곳에서 이곳을 잃고 있었다. 모두 잃어버려야 할 것과 살고 있었다. 이미 잃었거나 곧 잃어버릴 것뿐이었으니까. 아직 잃어버리지 않은 건 곧 잃어버리기 위해 있었다. 잃어버린 게 아닌지도 몰랐지만. 처음부터 없는 거였는지도. 우리 것이 없었으니까. 우리 것이 아니었으니까. 없는 걸 잃을 수 있을까. 없는 기억을. 갖기도 전에 잃어버린.

양아치들은 처벌되었다. 정확히 무슨 죄인지 알 수 없었다. 죄가 되긴 하는 건지. 여러 잡다한 죄목을 뽑아낸 거 같았다. 양아치들도 그 정도까지일 줄은 예상 못한 거 같았다. 짓지도 않은 죄까지 덮어씌울 줄은.

뭘 위한 거래였는지 알 수 없었다. 누구를 위해 알몸을 팔았는지. 몸을 팔아도 몸값을 받을 수 없었다. 되레 죗값을 치러야 했다. 지은 죄에 넘치는. 희생도 팔리지 않았다. 아무것도 드러내지 못했다. 더 말하지 못하고 같이 덮였다. 손에 쥔 한 줌 진실도. 목소리도.

어느 날 빈집의 문이 열렸다. 네가 가리켰던 빈집이. 우리가 헛걸 본 문이. 누가 연 건지 알 수 없었다. 문을 열고 들어간 건지 나온 건지. 안에는 아무것도 없었다. 눈 닿는 데마다 비어 있었다.

그날 열린 문은 다시 닫히지 않았다. 건물이 헐려도. 빈집이 사라져도. 문이 있던 자리는 열려 있었다. 열린 빈자리로 남았다.

빈집이 늘 때마다 우리는 설렜다. 곧 이사 갈 수 있을 거 같왔다. 곧 이사 갈 거같이 살았다.

– 한 계절만 더 나자.

습관처럼 이사를 생각했다. 떠나야 할 때가 됐다고. 이곳에
마음이 없었다. 마음 떠난 방에서 살고 있었다.

떠나지 못했다. 갈 곳이 없었다. 갈 수 있는 곳이. 그렇게 늦
춰지고 있었다. 늦춰지고 늦춰지다 머물러 있었다. 한 발짝도
못 벗어난 채.

제자리에서 건너뛰는 시간이었다. 번번이 계절을 놓쳤다.
경계가 희미해지는 계절을. 어느 계절에 있는 건지. 날씨 없는
날들이었다. 날씨 없는 반지하였다. 우리 시간도 우리 것이 아
니었다.

16

고양이가 오지 않았다. 그림자를 두고 사라진 날로부터 하
루 이틀. 고양이가 울지 않았다. 개가 짖지 않았다. 골목이 더
어두워지고 있었다.

애완동물이었다. 바이러스가 애완동물에게 옮아갔다. 인간
접촉이 원인이었다. 인간이 바이러스 숙주이자 감염원이었
다. 감염 경로를 찾는 자체가 감염이었다. 인간에게 감염되고
애완동물들 간에도 감염되었다. 감염인 줄 뒤늦게 알았던 거
였다.

사람 시신을 먹은 애완견으로부터 감염이 시작됐다는 이야
기가 돌았다. 자살한 주인 시신이라고 알려졌다. 홀로 남은 애
완견은 굶주림에 허덕였고 시신을 먹을 수밖에 없었다. 최초
감염에 관한 다른 이야기도 있었다. 여러 마리 개를 키우던 집
에서 불이 났는데 주인이 없었다. 수습 결과 주인의 뼈가 발

견됐다. 개에 물어뜯긴 흔적이 있는. 개에게 물어뜯긴 뒤 불이 난 걸로 밝혀졌다. 불탄 개들은 주민들이 가져갔다고 했다. 자기 개에게 먹이려고. 이야기가 사실인지는 확인되지 않았다.

바이러스에 감염된 애완동물이 하루가 다르게 늘어났다. 소리를 듣지 못했다. 냄새를 맡지 못했다. 감각을 잃고 있었다. 사람에게는 유행성 독감에 불과했으나 애완동물에게는 치명적이었다. 애완동물의 몸속에 들어간 바이러스가 더 강하게 변이된 거라고 했다.

혼자 있으면 내가 없는 거 같았다. 네가 없으면. 네가 있어야 나도 있는 거 같았다. 내가 되는 거 같았다. 혼자 남은 건 내가 아니었다. 누구도 아니었다. 내가 여기 있는지 아무도 모르니까. 왜 있는지. 너 말고는.

너는 오지 않았고 나는 알 수 없게 되었다. 내가 있는지 없는지. 빈집 같았다. 네가 없어서 빈집이 되었다. 나 혼자라서. 이곳을 빈집으로 만든 건 나였다. 내가 있어서 빈집이었다. 내가 있는 데마다 나는 없었다.

지하가 깊어진 거 같았다. 정말 관이 될 거 같았다. 네가 오지 않는 이곳은 나의 관이었다. 너의 부재가 짙게 배어 있는. 너의 부재에 숨 막혔다. 지하가 욱신거렸다. 욱신거리는 관이었다. 시체를 살고 있는 느낌이었다. 내가 살아야 할.

개들이 죽어 가기 시작했다. 고양이들도 예외는 없었다. 할수 있는 게 없었다. 고통을 줄여 주는 일밖에는. 안락사가 유일한 방법이었다. 마지막 배려였다.

죽기 위해 기다리는 동물들의 줄이 길었다. 안락사 대기 번호를 받은 동물들이었다. 날짜와 시간에 맞춰 기다려야 했다. 날짜와 시간이 비기를. 동물병원은 사체 처리장이 되어 갔다.

달리 방법이 없었다. 그들의 생존은 그들에게 달려 있지 않았다. 애완이 문제였으니까. 애완에 기댈 수밖에 없으니까. 생존법이 생존에 치명적이었다. 죽음에 이르는 병이 되었다. 애완 바이러스라고 했다. 애완 페스트라고도.

그들은 감염원을 사랑했다. 마지막 순간까지 주인 곁을 떨어질 줄 몰랐다. 애완을 멈추지 않게 했다. 성스러운 애완이라고 하는 사람도 있었다. 죽음도 끼어들지 못한. 목숨 바쳐 애완을 구했으니까. 안락사를 기다리면서도.

동물적 본능을 잃고 있다고도 했다. 애완동물의 해탈이라고도. 해탈이라도 한 거처럼 본능에 관심이 사라지고 있었다. 목숨에 무관심했다. 다가오는 운명을 피하지 않고. 혼란스러운 건 주인들이었다. 자신들이 애완동물의 사인이 되고 있었다. 저승사자가 되고 있었다.

밤의 식물이 자랐다. 소리로만 알 수 있는. 관에 금이 가는 소리 같았다. 어느 쪽에서 금이 다가오고 있는지. 벽을 짚으며. 바닥을 더듬으며. 발아래가 허물어지는 거 같았다. 발밑이 사라질 거 같았다.

발소리 없이 어두운 방을 돌아다녔다. 들리지 않는 발소리를 찾아다녔다. 불 꺼진 방에서 유령같이. 불을 켜지 않았다. 그게 나았다. 안 보이는 게. 불을 켜면 눈이 말랐다. 빛이 불 같

왔다. 눈이 타 버릴 거 같았다. 불을 끄고 있어야 했다. 다시 불
이 켜져서 끄려 하면 불이 켜져 있지 않았다.

나아지고 있다는 느낌이 안 들었다. 느낌이 좋지 않았다.
굳은 다리를 주물러 주었다. 발바닥을 쓰다듬었다. 잠
못 드는 개를 위해. 발톱이 다 빠져 있었다.
– 자. 자고 나면 괜찮아질 거야.
소용없었다. 개가 말렸다. 내 손을 핥으며. 뭘 말리는 건
지 몰랐지만 끄덕여 주었다. 그래야 할 거 같았다.
개와 함께 잠들었다. 함께 깨어나지 못했다. 잠든 동안
죽어 있었다.

애완동물 주인들의 글이 인터넷에 올라왔다.

고양이 저녁을 준비하고 있었다. 앓는 소리가 들렸다.
신음하고 몸부림치는.
아무것도 먹지 못했다. 뼈가 계속 어긋나고 부러졌다.
살가죽을 찌르면서.
얼마나 아플까. 온몸이 고통 속으로 빨려 들어가는 거 같
았다. 통증이 치닫는 몸짓으로. 몸부림이 될 수밖에 없
는. 몸을 잃어 가는 몸부림이.
자기 몸을 이해하지 못하는 거 같았다. 자신의 통증이 아
닌 거같이. 고통에 무감각해지는 눈으로. 이별을 앓고

있었는지. 이별하는 몸짓이었는지.

몸짓이 경련이 되었다. 온몸이 끊어진 거 같았다. 자신을 신고 있지 않았다.

그렇게 이별을 안고 있었다. 아직 손에 남아 있는. 끌어당겨 봐도 잡히지 않는.

이대로 보내야 하는 걸까. 냉가슴만 쓸어내렸다.

피를 토할 때마다 입이 뭉그러졌다. 귀가 흘러내렸다. 뜯긴 거같이. 해 줄 수 있는 게 없었다. 달랠 수도 품을 수도 없었다.

모두가 나를 피할 때 이 아이는 곁에 있었는데. 이 아이만은. 아이가 나를 필요로 할 때 곁을 주지 못했다. 그럴 시간이 주어지지 않았다. 자기가 내게 얼마나 소중한지 알까.

더 이상 피를 토하지 않았다. 움직임이 없었다. 떨리는 손에서 맥박이 뛰고 있었다. 심장에서 떨어져 나온 아이의 맥박이 반짝였다.

이제 알겠다. 아이가 나를 위로하고 있었음을. 내가 위로받고 있었음을. 사체는 따뜻했다.

통증이 깊어지는 눈을 들여다보았다. 가늘게 뜬 눈으로 올려다보는.

빛이 올라왔다. 꺼지고 남은 눈빛이. 눈물이었다. 소리

없이 눈물이 맺히고 있었다. 눈이 잠시 맑아졌다.

– 미안하다. 이제 나를 돌볼 수 없다. 눈 속에 든 사람아.

이별을 졸랐다. 내 눈에 맺힌 자신을 보면서. 자신의 눈을 띄워 놓고 자신을 바라보는 거같이. 눈망울에 맺힌 이별을. 그 눈으로 자신을 잊어 보려는 거였는지.

눈빛이 검어 보였다. 빛이 사라져 가고 있었다. 다시 몸을 떨었다. 온몸이 뒤틀렸다.

눈이 흩어지는 거 같았다. 아무것도 담겨 있지 않았다. 텅 빈 눈에서 눈물이 흘렀다.

시간이 되었다. 우리를 기다리고 있는 시간이.

기다리지 못했다. 우리를 기다리고 있던 이별까지.

안락사를 기다리는 동안 죽었다.

나는 식물의 잠을 잤다. 아무도 깨우지 않았다. 나를 깨워 줄 사람은 너밖에 없으니까. 깨어나지 못하고 누워 있었다. 깨어날 수 없다고 생각했다. 스스로 깨어날 수 없는 잠이라고. 가만히 누워 나의 시체를 기다렸다.

어둠이 너의 부재를 덮어 갔다. 나는 너의 부재에 매몰됐다. 내가 떠오르지 않았다. 눈을 떠도 내가 없었다. 없다는 말을 돌이킬 수 없었다. 내게 남은 건 내게 없는 것뿐이었다. 눈이 떨렸다. 나의 부재가 눈을 떴다. 내게 사라진 건 나였다. 네가 아니라.

– 어떻게 돌아올래. 사라진 나를.

밤늦게 고양이가 다녀갔다. 눈을 마주치지 않았다. 나를 향한 눈이 아니었다. 먼 곳을 보고 있는 눈 같았다. 눈이 흐렸다. 흐린 눈으로 창 앞에 웅크렸다. 바닥에 다리를 끌면서. 다리를 잃는 중일지도 몰랐다.

－ 자. 여기서.

나의 말은 닿지 않았다. 눈을 맞출 수 없었다. 아무 데도 보고 있지 않는 거 같기도 했다. 눈이 먼 거 같기도. 눈이 먼 채 돌아다니는 건지. 나는 알고 있었다. 위로할 수 없는 걸 위로하고 있음을.

고양이가 고개를 떨구고 돌아섰다. 돌아보지 않고. 꼬리가 무거웠다. 죽을 곳을 찾는 건지. 죽음이 고양이 꼬리 같았다. 꼬리가 길어 이쪽을 밟고 있는. 발소리가 희미해지고 있었다. 어둠 속 멀리 밟히는.

17

정류장에 우주인이 앉아 있었다. 트렁크를 옆에 세워 두고. 모든 걸 담고 떠나는 건지. 모든 걸 두고 왔는지. 정류장 그대로 우주로 날아가도 이상한 일이 아닐 거 같았다.

우주인이 유행이었다. 우주복을 입고 다니는 사람들이었다. 우주복을 흉내 낸 옷을. 복고라고 했다. 외계에서는 유행이 지난. 지구에서 뒤늦게 유행하고 있는 거라고. 지구인에게 어울리지 않는데도. 외계적인 게 아니라 괴상한데도. 외계에서도 지구는 괴상한 곳일까.

외계인같이 행동하는 사람들도 있었다. 단순한 흉내가 아니라고 했다. 겉모습을 흉내 내는 게 아니라 행동을 본받는 거라고. 본모습을 본떠 행동에 옮겨야 한다고. 외계인이 되려는 사람들이었다. 외계인으로 살고 싶은. 어떻게 본뜬다는 건지 알 수 없었지만. 뭘 본받고 뭘 옮긴다는 건지. 본 적도 없으면서.

우주인이 몸을 웅크렸다. 진짜 우주인일지도 몰랐다. 우주
정류장을 비우고 내려온 우주 비행사일지도. 우주를 잃은.

공원이 보였다. 아무도 없었다. 녹슨 그네가 바람에 흔들리
고 있었다. 채 마르지 않은 그림자도. 웅덩이였다. 그네 밑에
웅덩이가 고여 있었다. 웅덩이 속으로 그림자가 빠져들고 있
었다.

공원이 마지막일 줄 몰랐다. 그날이 마지막이 될 줄. 되풀이
돌아보게 될. 천천히 지나가야 했을지. 아껴 걸어야 했을지.
네가 사라질 줄 알았다면.

끈끈한 공기가 거리에 배어 있었다. 끈끈한 냄새가 낮게 퍼
지고 있었다. 개들이었다. 개들이 혀를 늘어뜨리고 있었다. 침
을 흘리고 있었다. 굶주린 냄새가 섞여 있는. 침으로 굶주림을
달래는 건지. 끈질기게 달라붙는 허기를.

다가오지도 달아나지도 않았다. 모이지도 흩어지지도 않았
다. 움직일 힘이 없는 건지. 몸을 일으키고 발을 내디딜 힘도.
뼈가 부서진 건지도 몰랐다. 부서진 뼈가 몸속을 돌아다니는
건지도. 그렇게 보일 정도로 말라 있었다. 살가죽에 뼈가 드러
난 채 움츠리고 있었다. 털이 말라붙은 채. 얼마나 굶주렸는지
눈이 퀭했다.

유기견이 늘고 있었다. 사람들은 기르던 개를 버렸다. 산책
나가서 혼자 돌아왔다. 마지막 산책이었다. 마지막으로 사진
을 찍는 사람들도 있었다. 이름을 부르면서. 사랑한다고 하면

서. 버려지는 순간 마지막으로 불리는 이름이었다. 불리고 버려지는.

유기견 구역이 생길 정도였다. 보호 구역이 아니었다. 거리에서 쫓겨난 거였다. 한곳에 몰아넣어진 거였다. 사실상 격리였다. 개들의 슬럼이라고도 했다.

개들은 한곳을 바라보았다. 한 사람을 기다렸다. 한 사람을 기억했다. 자신을 버린 사람을. 눈을 깜박이지 않는다고 했다. 천사의 눈이라고도 했다. 신이 인간을 보는 창이라고. 그러니까 천사를 돌봐야 한다고. 굶주림에 엎드려 떨고 있는.

담벼락에 날개가 그려져 있었다. 담벼락을 천사로 가리고 있는 거 같았다. 아무도 돌아보지 않는 곳을. 아무것도 돌보지 않는 날개로.

— 천사가 여기 올 리 없으니까. 천사가 있을 곳이 아니니까.

너는 말했었다. 천국에만 있는 천사가 무슨 소용인지. 천국은 천사 없이도 좋은 곳인데. 천사가 필요한 곳은 천국이 아닌데. 그러니까 천국에서 나와야 할 텐데. 날개가 지워지기 전에. 담벼락이 사라지기 전에.

문 닫은 가게가 많았다. 간판을 내린 가게들이. 불 꺼진 식당들이. 빈 건물에 쓰레기가 쌓이고 있었다. 널린 채 걷히지 않은 빨래도 있었다. 건물도 물건도 그대로 방치돼 있었다. 문 닫은 지 얼마 안 된 곳 같았다. 거기도 개가 있었다.

버린 개를 떠올리는 사람들도 있었다. 길거리를 돌아다니는 개를 볼 때마다. 버린 개를 봤다고 착각하고 이름을 부르기도 했다. 입술에 남아 있는. 개가 이름을 알아듣지 못했다. 자신을 버린 주인을 알아보지 못했다. 눈이 흐려지고 있다고 했다. 기억이 흐려지고 있다고. 짖지도 않았다. 꼬리를 흔들지도 않았다. 바라볼 곳을 잃고 떠돌아다녔다. 물고 있던 기억을 놓치고.

개가 변했다. 사람이 알던 개가 아니었다. 사람의 개가. 이제 개는 주인을 기다리지 않았다. 주인이 누군지 몰랐다. 주인이 없었으니까. 주인이 있을 필요가 없었다. 주인 없는 개로 떠돌아다니지 않아도 되었다. 사람 앞에 엎드리지 않아도 되었다. 거짓으로 짖지 않아도. 더 이상 애완동물이 아니었다. 애완동물로 사는 법을 잊었다. 야성이 돌아온 거라고 했다. 본성을 되찾은 거라고. 애완의 타성을 벗어나.

개가 변하자 사람이 변했다. 개와 사람의 관계가 변했다. 서로 멀리하게 되었다. 서로 놓아준 건지도 몰랐다. 서로를 해방한 건지도. 사랑에서 해방된 건지도. 사랑이기에는 너무 멀리 와 버렸다. 뭐가 사랑인지 알 수 없는 데까지. 사랑이긴 했는지. 사랑이 아니라는 걸 인정해야 한다고 했다. 그게 잊는 데 도움이 될 거라고.

사람들은 천사를 잊었다. 천사의 이름을. 천사를 모른 척했다. 버린 걸 모른 척했다. 버린 걸 잊었다. 그게 편하다는 걸 알게 됐다.

버려진 천사들은 눈빛이 달라졌다. 부서지는 눈빛이었다. 눈이 금 가고 있는 거같이. 사람 모르게 일어나는 일이었다.

스스로도 모를지 몰랐다. 스스로 놓아줘야 하는 건지. 그런 눈빛으로 몰려다녔다. 어둠 속에 도사렸다. 사람들의 눈을 피하지 않고.

사람들은 개를 피했다. 눈을 마주치지 않았다. 외계인의 눈 같다고도 했다. 외계인에게 눈을 빼앗긴 건지. 천사의 눈이 아니라 관찰 카메라 같다고. 광적으로 번들거리는. 이곳에 천사는 없었다. 신은 없었다. 신의 눈 밖이었다. 신의 눈 밖에 나 있는.

사람들은 개가 두려워졌다. 개들의 집단 교미가. 모두 중성화해야 한다는 이야기가 나왔다. 그럴 필요 없다는 이야기도 있었다. 바이러스 때문에 새끼를 갖지 못하니까. 자연 유산되거나. 늦기 전에 살처분해야 한다는 이야기도 있었다. 사람을 해치기 전에. 광견이 되기 전에.

찾아온 식당을 찾았다. 아직 남아 있었다. 손님은 없었다.

식당 주인이 메뉴를 가져다주면서 안 되는 메뉴를 일러 주었다. 되는 게 많지 않아서 고르기 어렵지 않았다. 너와 먹었던 걸 주문했다. 너와 함께 왔던 곳이었다.

식당에 오면 나는 선택 장애가 있었다. 네가 메뉴를 고르길 기다리다 너와 같은 걸 골랐다. 그러니까 선택이 아니었다. 너는 메뉴 난독증이라고 했다.

주문한 음식이 나오길 기다리는 시간이 좋았다. 우산을 놓고 간 사람이 우산을 찾으러 왔었다. 노란 우산이었다. 너와 다시 음식을 주문할 수 있을까. 기다림의 시간을 나눌 수 있을까.

　- 내일은 쉬어요.

주인이 음식을 놓으면서 말했다. 안색이 좋지 않았다. 식탁 위에 놓인 그릇이 흔들렸다. 내일이면 문을 닫을지도 모르겠다는 생각이 들었다. 폐업할 식당의 마지막 손님일지도 몰랐다. 이게 마지막 주문일지도.

폐업 전야의 식탁이 차려졌다. 혼자 수저를 들었다. 간장 위에 뜬 불빛을 보며. 혼자 먹는 걸 싫어했는데.

주문한 게 맞는 걸까. 잘못 주문한 걸까. 예전 맛이 안 났다. 맛이 달라진 건지. 입맛이 달라진 건지. 그래도 먹었다. 입에 맞지 않아도. 마지막 주문일지 모르니까.

식은땀이 났다. 먹을수록 입맛이 썼다. 먹는 게 일같이 느껴졌다. 손이 가지 않는 음식을 앞에 두고. 간장 위의 불빛은 개어지지 않았다. 들 수도 놓을 수도 없는 손이 무거워지기만 했다. 입 속에서 혀가 질겨지고 있었다.

식당 TV에 돼지들이 나왔다. 좁은 공간에 뒤엉켜 이리저리 몰리고 있었다. 뒤엉킨 눈을 희번덕거리며. 흙먼지가 일었다. 돼지들이 나뒹굴었다.

생매장이었다. 돼지들을 구덩이에 밀어 넣고 있었다. 돼지들이 발버둥 쳤다. 겁에 질린 비명을 지르며. 구덩이가 채워지고 있었다. 구덩이에 떨어진 돼지들이 흐느끼고 있었다. 흐느낌이 보였다. 목이 울리고 몸이 울렸다.

돼지들은 바닥을 긁었다. 구덩이 속에 구겨지고 접혀진 채.

그럴수록 묻히는 거 같았다. 서로를 묻고 있는 거 같았다. 서로 침이 엉겨 붙고 있었다. 구토 같기도 했다. 돼지들이 내뿜는 콧김에 흙이 젖고 있었다.

새끼들에게 젖을 물리고 있는 돼지도 있었다. 젖이 불어 있었다. 젖을 빠는 새끼들의 배가 오르내렸다. 어미 돼지의 고개가 젖혀져 있었다. 숨을 헐떡이고 있었다. 새끼들이 차가운 젖을 물고 있는지도 몰랐다. 젖이 아니라 피를 빨고 있는지도. 젖 속에 차오르는.

흙이 쏟아지기 시작했다. 파헤친 흙으로 돼지들을 파묻고 있었다. 흙 사이로 울음소리가 났다. 돼지들이 온몸으로 울부짖고 있었다. 들먹이는 울음에 흙이 꿈틀거렸다. 흙 속에 피를 머금은 울음이 섞였다. 울음소리가 묻히고 있었다.

꿈틀거림이 멈췄다. 울음과 함께 매몰됐다. 구덩이가 메워졌다. 피의 구덩이를 다지고 있었다. 매몰지 위로 무지개가 떠올랐다. 방역의 무지개가. 울음 뒤의 고요와 함께.

불어오는 바람에 흙이 일어났다. 돼지들의 남은 숨일지. 마지막 울음일지. 옆에서는 계속 땅을 뒤엎고 있었다.

바이러스가 가축에게 옮아가고 있었다. 가축들을 살처분하고 있었다. 몰살이었다. 덮어놓고 묻었다. 가축들의 지옥이었다. 이곳은.

TV 화면이 뉴스로 넘어갔다. 바이러스로 인한 공식 사망자는 없다고 보도되었다.

너에게 사진을 찍어 보냈다. 다시 올 수 없을 거 같은 식당을. 너는 확인하지 않았다. 너에게 전화를 해 보았다. 여전히 꺼져 있었다. 다시 해 보았다.

– 지금은 전화를 받을 수 없습니다. 전화기가 꺼져 있습니다.

침착하고 집요한 목소리였다. 폰 속을 흐르는.

거리가 빈 거 같았다. 빈 택시가 오갔다. 밤거리를 흐르는 불빛에 소음이 섞였다. 웅웅거리는 소음에 기대고 있었던 걸지도 몰랐다. 기댈 소음을 찾고 있었던 걸지도. 기댈 수 없었다. 그 속에 너의 목소리가 섞여 있지 않다는 걸 깨달았다.

소음이 흐릿해지고 있었다. 신호에 차들이 멈춰 섰다. 소음 속의 고요를 몰고 왔다. 오토바이 하나가 속도를 올렸다. 차선을 가로질러 갔다. 고요를 떨치고 달아나듯. 오토바이가 일으키는 소음이 고요에 구멍을 내고 있었다. 납빛의 구멍을.

나는 길을 건너지 않고 있었다. 신호가 바뀌어도. 걸음이 옮겨지지 않았다. 집으로 돌아가고 싶지 않았다. 돌아가는 길이 멀었으면 했다. 멀리 돌아갔으면. 돌아갈수록 멀어졌으면. 집을 비워 두는 게 나을 거 같았다. 홀로 돌아가 있을 거니까. 지하로 돌아가기가 두려웠다. 다시 관 속으로 들어가기가.

그제야 식당에 옷을 놓고 온 걸 알았다. 너의 옷을. 나는 너의 옷을 걸치고 나왔었다. 너를 혼자 놓아둔 느낌이었다. 너를 혼자 만나고 혼자 헤어졌다.

18

눈부신 한낮이다. 네가 걸어가고 있는 그곳은. 이곳은 밤인데.
화면 속에서 빛이 날린다. 빛의 가루가 빨려 들어간다.
빠른 속도로 돌고 있는 외계 비행체를 향해.

소행성이었다. 긴급 상황은. 지구 주위를 돌고 있던 소행성
이 지구를 향해 다가오고 있었다.

충돌 가능성을 주의 깊게 살펴보고 있었다고 했다. 지구를
스쳐 지나갈 걸로 예상돼 추적하고 있었다고. 충돌하지 않을
거라고 예측되었다. 실제 그럴 위험은 없다고. 그 소행성이 궤
도를 튼 거였다. 예기치 못한 움직임이었다.

충돌이 얼마 안 남아서야 알게 된 것도 그 때문이었다. 손쓸
틈이 없었다. 손쓸 틈 없이 빠른 속도로 다가오고 있다고 했
다. 그것이 다가오는 게 아니라 지구가 끌어당기는지도 모른

다고. 같은 궤도에서 소행성을 마중하는 거같이. 지금으로선 충돌할 수밖에 없다는 거였다. 이렇게 궤도를 같이해서는. 소행성의 궤도가 불안정하기는 하지만.

소행성의 크기도 큰 위험이라고 했다. 충돌이 일어날 경우 모든 생명체를 멸종시킬 만한 크기였다. 공룡의 멸종을 불러 온 것보다 더 큰.

있을 수 있는 위험을 놓친 걸까. 예측도 관측도 다 빗나간 걸까. 눈먼 관측자라고 했다. 눈먼 추적자라고.

현실 같지 않았다. 있을 수 없는 일이었다. 일어날 수 없는 일이었다. 받아들일 수 없는. 올 게 온 걸까. 와서는 안 될 게 온 걸까. 이제 뭐가 올까. 올 게 다 온 걸까. 일어날 일이 다 일어난 걸까. 더 일어날 일이 남지 않은 걸까. 이렇게 끝나는 걸 까. 너는 어디 있을까. 이렇게 끝나 가고 있는데.

보고 있어? 알고 있어?

너에게 문자를 보냈다. 아무 답이 없었다. 내가 보낸 문자로 멈춰 있었다. 그래도 보내야 할까. 다시 보내야 할까. 내가 보 낸 문자를 다시 읽었다. 읽고 또 읽었다. 눈이 흐려졌다. 문자 가 번졌다. 너를 불러보고 싶었다. 소리 내 말하고 싶었다. 네 게 아무 일 없기를. 연락이 오기를.

뉴스도 혼란에 빠져 있었다. 충격과 혼란을 오가며 충돌을 말하고 있었다. 피할 길 없는 파괴와 재앙을. 온갖 재앙이 불 려 나왔다. 경고인지 예고인지. 모든 재앙을 뛰어넘을 거니까. 처음 접하는 강한 바람. 확인할 수도 없이 높은 온도. 순식간에 모든 경보가 밀어닥칠 거라고 했다. 해제되지 않을. 인간의 생존 가능성은 없었다. 지구는 생명체가 살아남을 수 없는 곳이 되니까.

다가오는 소행성의 궤도가 엑스레이를 찍어 놓은 거 같았다. 지구와 궤도가 겹치고 있었다. 지구를 파고드는 거같이. 그래픽 속 지구가 위태로워 보였다. 일순간에 으깨지는 거 같았다. 불타오르는 파도. 바다가 흩어지는 지구. 파도는 있는데 바다가 없는. 수박 같기도 했다. 깨질수록 붉어지는. 붉게 갈아엎어지는. 지구가 저렇게 무른 건지. 세계가 모자이크되었다. 주르륵 흘러내릴 거 같았다. 우주로 쏟아질 거 같았다.

널 생각했어.

너에게 받은 첫 문자였다. 잘못 온 거 같았다. 문자를 받을 이유가 생각나지 않았다. 너의 얼굴도 잘 떠오르지 않았다. 어디서 봤는지도. 말이라도 한번 나눴었나?

만나. 만나서 할 말이 있어.

두 번째 문자가 왔다. 놀랐다. 내게 보낸 게 맞았다. 그게 시작이었다. 그 문자로 나는 돌이킬 수 없게 되었다. 이전으로 돌아갈 수 없게 되었다. 나의 복원 지점이 바뀌었다. 모든 게 다시 시작되는 지점이었다. 시작이었다고 되돌아보게 되는.

뭐라 답하지. 생각해 보겠다고 해야 할까. 생각한다고 나올 답이 아니었지만. 생각지도 못한 것에 대한 생각이었다. 무슨 일인지 물어야 할까. 할 말이 뭔지. 긴말을 늘어놓을 건 없겠지. 만날 이유도 모르는데. 누군지 알지도 못하는데.

만나. 만나서 할 말이 있어.

너의 문자가 머릿속을 맴돌았다. 누워서도 눈앞이 어지러웠다. 문자가 얹힌 거 같았다. 소화되지 않는 문자가 입 안에서 겉돌았다. 당장은 만나기 힘들다고 해야 할까.

나는 답을 미뤘다. 수없이 답을 수정해야 했다. 답으로 떠올린 문자가 눈앞을 떠돌았다. 천장에 부딪히고 창에 부딪혔다. 생각을 놓치고 있었다. 생각할수록 부서지고 흩어졌다. 머리가 하얘진 거 같았다. 생각이 멈춘 거 같았다. 밤새 생각했지만 답을 찾을 수 없었다. 답을 하지 못하고 아침이 다 되어서야 잠들었다.

문자 오는 소리에 잠을 깼다. 네가 다시 문자를 보내왔다.

꼭 해야 할 말은 없어. 그냥 보고 싶어.

문자를 확인하자 너의 문자가 소화되었다. 얹힌 거 같던 문자가 내려갔다. 막혀 있던 가슴이 트이듯이. 나도 보고 싶었다. 만나고 싶었다. 누군지 알지 못하는 너를. 이유는 알지 못해도. 이유 같은 거 없어도. 어떤 예감 같은 게 있었는지. 지나고 나서야 예감이었다는 걸 알게 되는.

더 고민하지 않았다. 답을 수정하지 않았다. 답문자를 보냈다. 그렇게 다른 하루가 시작되었다. 우리의 첫 하루였다. 복원 지점이 바뀐 첫날이었다. 돌이킬 수 없는 사이가 되는. 그때부터 시간이 다르게 흐르기 시작했다. 모든 게 이전과 다르게 다가오게 되었다.

소행성이 궤도를 튼 원인으로 암흑에너지가 이야기되었다. 암흑에너지의 영향으로 소행성의 궤도가 바뀌었다는 거였다. 지구 쪽으로 밀려났다는 거였다. 정체불명의 힘이라서 예상하지 못했다고 했다. 어떻게도 알 수 없는 움직임이라서. 관측도 예측도 되지 않는.

뭘 말하려는 건지 알 수 없다는 반응이 많았다. 암흑에너지가 뭔지도 모르는데. 실체도 밝혀지지 않았는데. 암흑에너지 자체가 추정일 뿐이니까. 이해되지 않는 해명이었다. 해명인지 변명인지. 암흑에너지는 파괴의 에너지인지. 그대로 받아들이기에는 불명확한 게 많았다.

원인은 그렇게 놔둬도 되었다. 나중에 밝혀도. 그럴 시간이 주어진다면. 대응이 다급했다. 소행성으로부터 지구를 지켜낼 방법이 긴박하게 오갔다. 대체로 두 가닥으로 모아졌다. 파괴할 거냐. 궤도를 바꿀 거냐.

문제는 크기였다. 다가오고 있는 소행성같이 큰 것은 파괴가 불가능하다고 했다. 핵무기를 써도 조금씩 깨뜨릴 수 있는 정도인데 시간이 없었다. 시간이 얼마나 걸릴 지 알 수 없는 대응을 할 시간이 남아 있지 않았다. 인공위성을 소행성에 충돌시켜 지구를 비껴가도록 만든다는 것도 마찬가지였다. 거대한 소행성의 궤도를 바꾸려면 많은 시간이 필요하기 때문이었다. 그러기에는 너무 코앞에 다가와 있었다. 너무 크고 너무 가까웠다. 너무 늦어 있었다.

아무것도 할 수 없음이 드러나고 있었다. 아무것도 소용없음이. 시도할 만한 대응책이 없었다. 실행에 옮길 수 있는. 시시각각 다가오고 있는 소행성을 지켜봐야 할 뿐이었다. 점점 줄어들고 있는 시간을. 어떤 방법도 내놓지 못하고. 어떤 결정도 내리지 못하고.

정말 할 수 있는 게 없는 걸까. 어떻게 해 볼 수 없는 걸까. 이대로 가만히 종말을 기다려야 하는 걸까. 그랬다. 종말이었다. 종말이 눈앞에 다가와 있었다. 빠른 속도로 다가오고 있었다.

불안과 공포가 커져 가고 있었다. 종말의 흐름이 생기는 거 같았다. 긴박하고 가파른 흐름을 타는 거 같았다. 모든 게 구르는 거 같은. 소행성이 구르고. 지구가 구르고. 소리 없는 비명이 굴러떨어지고. 굴러도 소리가 나지 않는 풍선 같았다. 내지르지 못한 비명으로 부푼. 곧 터질 거 같은.

세계는 비릿해져 갔다. 숨죽인 흐름 같기도 했다. 질식할 거 같은 숨으로 채워진. 불안이 옮고 옮았다. 입을 막고 손을 쥐게 했다. 손을 펼치지 못했다. 공포를 누르고 있는 거같이.

우주는 인간을 아까워하지 않을 거라는 이야기도 있었다. 인간이 쓸모없어져서. 인간은 우주가 잊은 실험이니까. 잊힌 실험을 무의미하게 반복하고 있을 뿐이니까. 이미 끝난 실험을 계속하듯이. 이제 때가 된 거라고 했다. 인간은 강제 종료된다고. 실험은 중지되고 취소된다고. 꾸다 만 꿈같이.

인간은 우주가 꾸는 꿈일까. 한번 꾸고 놓아 버린 꿈일까. 꿈의 잔해 하나 남지 않는. 모든 꿈이 사라진 건지. 꿈이 사라진 이후에 꾸는 꿈인지. 불안의 끝에서 모든 게 끝날 거 같은. 끝을 미리 봐 버린 거 같았다. 어떻게 흘러가서 어떻게 끝날지.

다르지 않은 이야기들이었다. 같은 이야기를 다르게 말하고 있었다. 다시 할 수 없는 이야기들이기도 했다. 마지막 이야기들이니까. 모두 흩어지고 사라질. 모두 마지막 인간이었다. 모두 함께 종말을 맞을. 한날한시에. 사라진 이야기가 기억되기나 할지. 더 이상 이야기가 없을 지구에서. 이야기하고 기억할 인간이 남지 않을.

알고 싶지 않았다. 그런 건. 내가 알고 싶은 건 네가 어디 있냐는 거였다. 내가 기억하는 건 너 한 사람이었다. 너와 함께한 이야기였다. 그러니까 기억해야 했다. 기억 속으로 걸어 들어가야 했다. 남은 시간이 얼마 없으니까. 지금 아니면 못 하니까.

순서 없는 기억이 떠올랐다. 뭐가 먼저고 뭐가 나중인지 불확실한. 순서대로 떠올리려 하면 잘 되지 않았다. 순서대로 기억이 멀어졌다. 가까운 기억에서 먼 기억으로. 뒷걸음치는 기억이었다. 사라지는 기억을 걷고 있는 거 같았다.

복원할 수 없었다. 네가 없어서. 혼자서는 불완전했다. 그래도 계속 뒷걸음쳐야 했다. 걸음을 멈추면 기억이 멈출 거 같았다. 기억을 놓칠 거 같았다. 그 기억을 다 걸어 볼 수 없었지만. 기억하지 못하는 이야기들이 계속 남았다. 부서져 나온 기억의 부스러기같이. 부서지고 흩어지다 마지막에 떠오를. 마지막까지 아플.

19

너를 처음 만났을 때 나는 너를 기억하지 못했다. 내게 다가오는 너를 보면서도 알아보지 못했다. 앞에 앉은 너를 보면서도.

나는 사람을 잘 기억하지 못했다. 그래서 약속 시간보다 먼저 가서 기다려야 했다. 누가 먼저 알은척해 오길 기다리면서. 기다리는 사람이 누군지 모르니까. 만나려고 하는 사람이 누군지. 갈수록 너는 많아졌다. 그럴수록 만나지지 않았다. 누가 넌지 모르니까. 너와 네가 아닌 모두를 구별할 수 없었다. 구별할 수 없는 얼굴들이 나를 보았다. 누가 누군지 알아볼 수 없는 얼굴로.

나는 고개를 숙이고 앉아 오가는 사람들의 발등을 바라보았다. 너의 발등을 보고도 고개를 들지 못했다. 내 앞으로 온 걸 알고도. 너인 줄 몰랐을 거였다. 네가 나를 지나쳤으면.

- 날 몰라보더라.

네가 말했다. 너는 나를 봤다고 했다. 너를 만나러 가는 나를. 그러니까 나는 너를 지나친 거였다. 너를 만나러 가는 길에. 너를 지나쳐 너를 기다리고 있었던 거였다.

사실 두 번째 만난 거였다. 처음 봤을 때의 너를 기억하지 못하는 거니까. 다시 봐도 기억나지 않았다. 특징 없는 얼굴이어서 기억에 남지 않았는지. 특징 없는 곳에서 특징 없이 만나서. 여러 사람들과 섞여 만나서. 돌이켜 봐도 생각나지 않았다. 기억 속에 없었다. 언제 어디서 만났는지.

너는 나를 기억했다. 내게 말을 해 와서 꼼짝없이 알은척을 해야 했다. 특별한 일이었다. 나를 만난 사람 중 나를 기억하는 사람은 없었다. 아무도 나를 기억하지 못했다. 기억을 가로막는 뭔가가 내게 있는 건지. 망각을 일으키는 뭔가가. 나를 다시 만나려 하는 사람도 없었다. 미리 모르겠다는 얼굴들이었다. 사람들의 머릿속에서 나는 이미 지워지고 있었다. 말 속에도 생각 속에도 담기지 않았다. 아무도 말을 걸어오지 않았다. 아무도 나를 떠올리지 않았다. 아무도 모르는 사람이 되어 있었다. 아무도 아닌 사람이. 그러니까 나는 사람을 기억하지 않아도 되었다. 기억할 필요가 없었다. 그러다 보니까 기억을 못 하게 되었다.

너는 나를 알아보았다. 알아보겠다는 눈이었다. 알고 있다는 목소리였다. 너의 목소리를 들었다. 너의 눈을 보았다. 훔쳐보는 게 되는 줄 모르고. 너의 눈앞에서 너를 훔쳐보았다.

너의 시선이 물결쳤다. 가만히 보고 있는데 밀려오는 거 같았다. 나는 두려웠다. 보고 있기가. 너의 물결에 빠져들기가. 그런데도 눈을 돌리지 못했다. 시선을 놓을 수 없었다.

하나의 순간이 되려 하고 있었다. 알지 못하는 새 처음이 완성되고 있었다. 단지 기억하는 걸로는 모자랄. 처음은 완성에서 시작되는 걸까. 완성에서 시작돼 허물어져 가는 걸까. 첫 기억이 완성돼 망각이 시작되는 건지. 기억의 매듭이 망각으로 풀려 나가는 건지. 그 끝을 알 수 없는. 네가 사라져서 끝이 사라졌다. 끝을 잃어 처음으로 돌아가야 했다.

나는 너의 말을 놓치고 있었다. 무슨 말인지 모르고 듣고 있었다. 네가 이전에 만났던 이야기를 하면 나는 기억나는 척해야 했다. 이야기를 나누는 척. 아는 이야기인 척. 무슨 일이 있었는지 기억나지 않아서. 내가 나를 기억하지 못했다. 나는 내가 모르는 사람이 되고 있었다. 나인 척해야 했다.

무슨 말을 해야 할지 몰랐다. 무슨 말을 하는 줄 모르고 하고 있었다. 점점 모르는 이야기가 되었다. 어디를 붙이고 어디를 이어야 할지 몰랐다. 이야기에 이야기가 섞였다. 기억이 뒤섞였다. 아무 말도 할 수 없었다. 너의 말을 듣고 있는 수밖에. 너의 그 약간의 사시가 기억나는 것도 같았다. 머리를 쓸어 넘기는.

네가 웃었다. 나도 웃음이 나왔다. 웃는 건지 찡그리는 건지 모르겠더라고 너는 나중에 말했다. 웃을수록 어색해지더라고. 네가 모른 척해 주길 바라는 웃음이었을지도 몰랐다. 모른 척 계속 말해 주길. 내가 나인 척하는 걸.

너는 알고 있는 거 같았다. 내가 기억하지 못하는 뭔가를. 눈앞에 있는데 멀리서 웃고 있는 거 같았다. 알 수 없었다. 네가 뭘 알고 있는지. 뭘 말하지 않는지. 그래서 만나기 시작한 걸까. 너에게 알아볼 수밖에 없어서. 내가 모르는 나를. 알 수 없어서 만날 수 있는 건지도 몰랐지만. 생각도 감정도 훔치고 싶었다. 너의 말에 무슨 생각이 숨겨져 있는지. 너의 얼굴에 어떤 감정이 숨겨져 있는지.

일어나기가 어색했다. 더 있고 싶었지만 더 있고 싶지 않았다. 몸이 떨리고 있었다. 숨이 고르지 않았다.

나는 숨을 골랐다. 골라지지 않았다. 할 말도. 꼭 해야 할 말이 아니라도. 대화를 나눠 본 지 오래돼서였는지. 입이 떨어지지 않았다. 말문이 닫혔다.

내 입에서 닫힌 말은 뭘까. 그 말을 열기 위해 얼마나 숨을 골라야 할까. 그걸 몰라 너 몰래 한숨을 쉬었다. 고르지 않은 숨을 한숨으로 골랐다. 그러느라 다시 할 말을 놓쳤다. 말할 틈을.

- 잘 가.

네가 말했다. 숨 돌릴 틈이 나자 너의 말이 닿았다. 그 말이 입술을 오르내렸다. 너에게 되돌아가고 있었다.

- 잘 가.

내가 말했다. 너의 시선에 기대는 줄도 모르고. 너의 눈 속에서 머물 곳을 찾는지도 모르고. 마음에 없는 말이었다. 입은 잘 가라 했고 마음은 더 있자 했다. 그렇게 들렸을 거 같았다.

　너는 말없이 웃었다. 말없이 말하는 거 같았다. 그 말을 어떻게 모을까. 침묵으로 이뤄진 말을. 침묵의 의미를 생각해 봐야 했다. 웃음으로 말을 지운 이유를.

　기다렸다. 나의 죽음을. 내 눈을 바라보면서. 마지막 눈을 기다리고 있었다.

　눈이 충혈되었다. 실핏줄이 몰려드는 거같이. 거울 속으로 빠져들어 가는 핏빛이었다. 관자놀이가 터질 거 같았다.

　숨죽이고 나의 유언을 들었다. 유언은 없었다. 고요를 깨고 싶지 않았다. 아무 말도 남기지 않길 빌었다. 아무것도 빌지 않길.

　눈을 감았다. 눈을 감고 줄이 목에 감기는 소리를 들었다. 목이 죄었다. 목을 파고드는 거같이.

　몸이 떨렸다. 줄이 돌았다. 목이 흔들렸다. 눈앞에서 떨리고 있는 건 선일까. 빛일까.

　나를 훔쳐봐야 했다. 붉은 곁눈질로. 눈동자가 없는 채로 보는 거같이.

　실핏줄이 터지고 있었다. 십자가가 부러졌다. 줄이 풀렸다. 목을 놓쳤다.

　서툴렀다. 죽음을 가로막는 눈이 있었다. 거울 속의 눈이. 눈 속으로 부딪히는 빛이.

글이 올라와 있었다. 자살 후기라고 했다. 정확하게는 자살 미수 후기였다.

거울 앞에서 목매기. 그런 게 유행인 거 같았다. 자기 얼굴을 보면서 죽는 게. 목매기 좋은 장소를 공유하기도 했다. 목매기 좋은 거울이나 기구도. 십자가를 깊게 세운다거나. 더 높이 목을 맨다거나.

얼굴을 비우기 위해 거울을 본다고 했다. 마지막으로 자신의 얼굴을 벗어나기 위해. 거울을 봐도 자신이 떠오르지 않을 때까지. 그게 거울 앞에서 목매는 이유라고. 이유가 다 같은 건 아니었지만. 그렇게 비워졌는지 알 수 없었지만. 그래서 누구의 얼굴이 남았는지. 누구의 얼굴로 죽음을 맞았는지.

거울 앞에서 하는 묵념 같다고도 했다. 자신의 얼굴 앞에서 하는 묵념이었다. 거울 속에 남겨 둔. 죽는 순간을 반복하고 있는 건지. 어떤 끝에서도 자신을 보게 되는 건지. 마지막 순간 번쩍 뜨이는 눈으로. 거울 속에 부서진 시선으로. 거울을 흐리는 입김 속에 흩어져 있는.

자살이 대유행했다. 많은 사람들이 죽음의 문을 두드렸다. 스스로 문을 열고 들어갔다. 주저하지 않았다. 단숨에 실행에 옮겼다. 목숨을 끊을 일만 남은 거같이.

구원이라고 했다. 자기 구원이라고. 미룰 필요가 없는. 종말이 얼마 안 남았으니까. 그 잠깐을 바라보며 살 필요가 있을까. 버틸 이유가. 이유가 없었다. 그러지 않아야 할 이유를 찾을 수 없었다. 이유가 필요 없는 선택이라고 했다. 극단적인 선택이 아니라. 자살은 자신을 위한 거니까. 자기 자신을 위해 죽는 거니까. 구원을 두려워하지 않는다면. 자신을 놓아야 얻을 수 있는.

　- 따뜻한 물로 샤워하고 이불 속에서 조금 졸고 일어나 벗은 몸으로 손목을 긋는 생각은 설렌다. 못 견디게 죽고 싶지만 조금 더 살아 있다. 설렘을 견디면서. 죽고 싶다고 살기 싫은 건 아니니까. 죽거나 사는 거밖에 없는 게 아쉽다. 하나만 선택해야 하는 게. 삶이 한 번뿐이라는 것도. 여러 번 죽을 수 없어서. 다시 설렐 수 없어서.

　실시간 방송 진행자의 말이었다. 자살을 실시간 방송하는. 그의 손목에서 피가 샘솟았다. 솟아오르는 피가 멈추지 않았다. 몸이 피에 물들고 있었다.

　- 죽음이 나를 깨운다. 어느 때보다 피가 잘 통하는 거 같다. 가벼운 거 같다…… 지금껏 이렇게 머리가 맑은 적이 없었다. 생각이 사라지고 머리가 트이는 거 같다. 눈이 뜨이는 거 같다. 이 느낌이면 된다. 죽기 직전의 느낌이면…… 이 직전에 잠시 머물고 싶다.

　바닥으로 핏물이 흘러 고였다. 그는 몸을 더듬었다. 피를 뒤집어쓴 채. 피로 몸을 씻는 거 같았다.

- 피를 다 빼내고 싶다…… 내가 끊는다. 이 더러운 피
는…… 이곳이 깨끗해지는 데 한 방울 보탬이 되고 싶어서. 더
이상 이곳을 더럽히지 못하게…… 이게 무슨 일인지 완전히
이해한다. 이걸 원한다는 걸 분명히 확인한다. 죽음의 설렘을
받아들인다…… 지금 이 순간만큼은 사람이 우주라는 걸 믿
는다…….

그의 말은 사실에 가깝게 들렸다. 그의 마지막 말이었으니
까. 죽어 가는 목소리로 담는. 목소리가 무거워진 거 같았다.
피가 다 빠지고 나서. 그는 자신의 피에 에워싸였다. 핏속에서
카메라를 쏘아보고 있었다.

자살 일지를 남긴 작가도 있었다. 자신이 쓴 책을 쌓아 놓고
올라가 목을 맸다고 하는. 목매기에 충분한 높이였는지.

나의 연보를 읽어 보았다. 내가 모르는 사람 같았다. 내
게 무의미한 사람이었다. 무의미를 확인하기 위해 산 거
같았다. 살지 않아도 될 삶을. 어떻게 살든 무의미하니
까. 어떤 의미가 있는지 찾아봐도 무의미를 확인하게 될
뿐이니까. 온갖 의미를 갖다 붙여도. 애써 무의미를 감
추고 있을 뿐이었다. 무의미를 받아들일 수 없어서. 의
미 없음이 드러날까 두려워서. 그럴수록 무의미해질 뿐
이었다. 얼마나 무의미해져야 하는지. 갈수록 견딜 수
없게 되었다. 나를 향한 살의에 붙들렸다. 눌러도 눌러

도 되살아나는. 죽음 말고는 다른 생각을 할 수 없었다. 나를 죽이고 싶다는 생각 말고는. 나를 떼어 놓아야 했다. 나 자신으로부터 나를 구하려거든.

성격이 불분명한 일지였다. 유서 같기도 했다. 습관적으로 쓴. 이제 쓰지 못하게 됐지만. 손볼 수 없게. 그의 시간이 다 되었으니까. 읽을 사람 없는 유서였다. 들을 사람 없는 유언이었다. 종말이 다가왔으니까. 의미 없는 종말이.

그에 대해 찾아보았다. 그의 연보도. 신이 없다는 걸 밝히는 데 일생을 바친 작가라고 했다. 없는 신에 대해 생각하고 쓰기 위해. 그게 그를 달리 보이게 하지는 않았다. 그의 죽음을.

글이 이어졌다.

나의 죽음을 이해하지 못해도 된다. 이해를 구할 생각도 없다.

나는 나의 적이었다. 적이 있어서 쓸쓸하지 않았다. 다시 쓸쓸하기도 했다. 나의 적은 나뿐이어서. 이제 쓸쓸하지 않다. 이제 나를 맞닥뜨려야 할 때가 되었다. 멈춰야 할 때가.

결정은 필요하지 않았다. 하지 않아도 와 있으니까. 결정은 그렇게 오는 거니까. 애써 내리는 게 아니라. 나도 모르게 결정돼 있는 거같이. 죽음을 벗어나는 길은 죽음뿐이다. 스스로 죽음으로부터 해방되는.

나의 선택이 깔끔한 방식이길 바란다. 나의 삶을 완전히 정리할 수는 없겠지만. 정리가 가능한 건지도 알 수 없으니까.

그런다고 뭐가 더 선명해질 거 같지는 않다. 죽음이 삶을 바꿀 수는 없으니까. 죽음 또한 무의미하니까. 무의미에 안도할 뿐이다. 내게 죽을 나를 달랠.

내 첫 책이 손에 잡힌다. 더 쓸 시간이 없을 거 같다. 이 글이 전해질지는 모르겠다.

20

네가 계속 생각났었다. 생각을 놓을 수 없었다. 어떻게 놓아
야 할지 몰랐다. 놓았다고 생각하면 돌아와 있었다. 나도 모르
는 심장이 뛰었다. 그래서 제대로 생각해 보기로 했다. 내가
무슨 생각을 하는지. 무슨 생각을 숨기는지. 그러지 않으면 생
각이 멈추지 않을 거 같아서.

너를 생각하는 내가 어색했다. 왜 어색한지 알 수 없었다.
다시 생각해 봐도. 어떤 사이가 생겨서 그런 걸까. 너와 나 사
이에. 너와 나는 무슨 사이일까. 무슨 사이기는 할까. 알 수 없
었다. 무슨 사이길 바라는지.

내가 나에게 되묻고 있었다. 물을수록 의문이 들었다. 너와
나 사이를 가늠할 수 없어서. 의문이 그 사이를 메워 갔다. 점
점 모르는 사이가 되고 있었다.

아무 사이가 아니었으면 했다. 아무 사이도 되지 않았으면.

지나갈 거라고 생각했다. 언제나 그랬으니까. 모두 지나갔으니까. 내가 지나가지 않아도.

그러면 뭐가 남지. 지나가기만 하면. 마음이 가라앉지 않았다. 정리가 안 되었다. 만나서는 안 되는 거였을까. 의문이 일어나지 않도록. 되풀이해서 삼켜야 하는. 혹시 너를 기다리는 걸까.

나는 너를 기다리는 거 같았다. 기다리는 줄 모르고. 어떻게 기다려야 할지 몰라서. 어떻게 다가가야 할지.

전화가 왔다. 너에게. 극장이라고 했다. 혼자 심야 영화를 보고 있다고.

- 관객이 나 하나야. 나밖에 없어.

너의 목소리 너머 영화 음향이 섞여 들렸다. 너의 말소리 사이 대사가 섞여 들었다. 나는 폰을 든 손을 바꿨다. 너는 전화를 끊지 않았다. 영화가 끝날 때까지.

며칠이 어떻게 지나갔는지 몰랐다. 며칠이 지났는지. 며칠 동안 새벽 전화를 했다. 너의 목소리로 덮인 새벽이었다. 너의 숨결로 물든. 시간이 가는 줄 모르게 갔다. 지칠 줄 몰랐다. 긴 통화에도.

새벽까지.

새벽같이.

가벼운 한숨이 새벽을 따뜻하게 했다. 한숨의 온기가. 폰 속을 타고 흐르는.

새벽이 기다려졌다. 내일의 전화가. 오늘의 통화를 돌아보기도 전에 걸려 오는. 내일의 전화를 받고 내일이 되었다. 그렇게 하루가 연결되는 거 같았다.

그리고 문자들이 있었다. 빈 오후를 채우는. 문자를 읽는 데 시간을 다 보냈다. 다른 글자는 보이지 않았다. 액정 밖의 글자는. 액정에 비춰 본 생각만 했다. 너의 문자에 비춰 보고 담아 본. 너에게 나를 비춰 보려 했다. 네가 나를 담듯이 담아 보려. 액정이 깊어졌다.

너무 가까이 다가간 거 같았다. 너무 가까워서 보이지 않았다. 들리지 않았다. 목소리도 문자도. 떨어져서 들어야 했다. 물러나서 봐야 했다. 액정 안에서 못 나올 거 같았다. 너의 문자에 갇힐 거 같았다. 너의 목소리에.

막막한 거였는지도 몰랐다. 너에게 다가가려 하는 내가. 너를 더 알려고 하는 내가. 가져 본 적 없는 마음이라서. 마음을 숨겨야 했을까. 너에게 나를 비춰 보려 한 게 잘못이었을까. 엇갈린 생각에 마음이 갈라졌다. 심장이 엇갈리게 뛰는 거같이.

멈춰야 했다. 더 다가가면 안 될 거 같았다. 다가갈수록 멀어지는 거 같았다. 너에게 거리를 둬야 했다. 멀어지지 않을 만큼. 서로를 위한 거리라고 생각했다. 사이를 위한 거리라고. 밤새 오는 너의 전화를 받지 않았다. 밤새 전화를 받지 않고 너를 생각했다. 할 말을 담아 두고만 있었다. 하고 싶은 말이 입 안에 고였지만. 머리카락같이 혀에 감겼지만.

하루가 넓어져 갔다. 너의 목소리가 빠져나간 나는 비어 있었다. 나의 하루를 보내는 건 내가 아니었다. 내가 보내지 않은 하루를 떠올리느라 하루를 다 보냈다. 하루를 다 보내도 떠오르지 않았다. 몸을 움직이는 게 내가 아닌 거 같았다. 마음이 몸에 내려앉지 못하고. 몸이 마음을 찾아가지 못하고. 마음에 어둠이 들었다. 심장이 어두워졌다. 나에게 멀어지고 있는지도 몰랐다. 나에게 거리를 둬야 하는 건지도.

너와의 거리를 놓치는 거 같았다. 보이지 않아서 눈을 감았다. 들리지 않아서 귀를 막았다. 미로 속을 돌고 있는 거 같았다. 들어온 적 없는 미로를.

잊자. 지금까지 일들. 지금까지 들은 말들. 그러면 될 거 같았다. 모두 잊으면. 너를 미로 속에 둔 게 마음에 걸렸지만. 생각 사이로 한숨이 흩어졌다. 마음에 담긴 말을 덜어 냈다. 미처 꺼내지 못한 말도. 마음에 남지 않게. 말들이 모래알 같았다. 한숨에 흩어지는.

여기 있을게. 너와 나 사이에. 지금은 닿지 않지만. 눈 감지 마. 안 보인다고. 귀 막지 마. 안 들린다고.

너에게 문자가 왔다. 액정 밖으로 빛이 흘러나왔다. 마음이 비칠 거 같았다.

너의 문자에 마음이 가라앉았다. 너는 알고 있었다. 나는 모르고 있었다. 네가 알고 있다는 걸. 숨길 수 없다는 걸. 나의 미로를 보여 줘야 했다. 너와 나 사이를 돌고 있는.

나는 들어가기로 했다. 너와 나의 미로 속으로. 너와 나의 거리를 좁히며. 가까이. 더 가까이. 너에게 닿을 수 있다고 믿고 싶었다. 다시 묻지 않기로 했다. 무슨 사이가 될지. 모든 사이를 열어 놓기로 마음속으로 고백했다. 갈수록 깊어지는 미로 같을. 더 알 수 있지만 다 알 수 없을.

블랙홀이라고 했다. 소행성의 궤도를 흔든 건. 모든 걸 빨아들이는 블랙홀의 중력이라고. 빛조차 빠져나올 수 없는. 그래서 알 수 없었다고 했다. 아무것도 보이지 않으니까. 어떤 일이 일어나는지 알 수 없으니까. 모든 걸 블랙홀에 떠넘기는 거 같기도 했지만. 안 보이는 것에.

지구가 블랙홀에 빨려 들어가고 있다는 이야기도 있었다. 천천히 집어삼켜지고 있다는. 지구를 거둬들이는 건지. 이 방도 어딘가로 끌려가고 있는 건지.

허공에 발이 빠지는 느낌이었다. 제자리에 누워 표류하는 거같이. 블랙홀을 향해 발을 뻗고. 발끝이 저렸다. 무중력의 감각일지. 내 것이 아닌. 누워서 모든 걸 잃게 될지도 몰랐다. 누웠다 일어나면 블랙홀일지도.

불안한 휴일이 이어지고 있었다. 연휴였다. 쉴 수도 할 수 있는 것도 없는. 창밖은 고요밖에 없었다. 공허에 눌린 고요였다. 공허감이 내리누르고 있었다. 공포보다 무겁게.

누가 오신 날이 껴 있었다. 누군가의 탄신일이. 오신 날의 고요가 묻고 있었다. 더 오실 분 없는지. 언제 다시 오는지. 누구라도 오면 안 되는지. 계속 탄신일이면. 매일이 오신 날이면.

누구도 오지 않았다. 올 수 있는 날이 사라지고 있었다. 오기 직전이 가장 어두운 걸까. 오는 길을 잃어버린 걸지도 몰랐다. 잃어버린 건지 버린 건지. 이곳은 버려진 건지도 몰랐다. 신이 잊은 곳이라서. 이 세계를 만든 게 신이라면.

외계 비행체는 침묵을 지키고 있었다. 나타나고 사라질 뿐이었다. 종말이 다가오고 있는 지구에 떠 있었다. 내려앉지 않고.

낯선 휴일이었다. 영원한 휴식에 든 거 같은. 영원에 대한 감촉일까. 이런 이물스러운 휴일의 감촉은. 영원할 수 없는 인간이 느끼는. 영원이 뭔지 모르니까. 영원히 알지 못하니까.

손 놓고 있어야 했다. 빈손으로. 공허감이 사그라지지 않았다. 공허의 무게가 더해 갔다. 체념까지 더해져서. 체념하지 않으면 견딜 수 없으니까. 언제 어디서든 종말을 맞닥뜨려야 했다. 체념으로 이뤄진.

창틈으로 공허가 물들고 있었다. 검고 차가운 빛이 배어 있는. 모두 블랙홀을 향해 다가가는 걸까. 블랙홀의 검은 소용돌이가 되는 걸까. 공허의 소용돌이가. 빛으로도 비출 수 없는.

블랙홀 냄새가 나는 거 같았지만 맡아지지 않았다. 냄새라고 할 수 없었다. 맡을 수 없는 어둠 같은 거였다. 공허로 채워진. 채울수록 비워지는.

눈에서 맡아지는 냄새일지도 몰랐다. 눈동자가 블랙홀에 들어섰을지도. 냄새가 배어들기 시작하는. 지구도 눈동자 크기로 압축되면 블랙홀이 된다고 했다. 중력으로만 알 수 있는. 차갑고 희박하게 남은.

너와의 일들을 떠올렸다. 너와 다닌 곳들을. 잊기 위해 한 일들 같았다. 여기가 블랙홀 같았다. 여기 이 방이. 모두 블랙홀이 되겠지. 어떻게 잊어버렸는지 모르는. 우리가 아니었다. 잊고 있는 건. 우리를 벗어난 일이었다. 너와 나 사이를. 부를 손을 놓치고. 목소리조차 가질 수 없이. 블랙홀도 별의 잔해니까. 시간의 잔해니까. 돌이킬 수 없는 침묵이 되어 있는.

사람마다 자신이 가진 블랙홀의 크기로 누군가를 헤아릴 수 있다고 했다. 나는 너를 헤아릴 수 없었다. 나의 공허로는.

21

너는 아무것도 보고 있지 않는 거 같다.

너의 눈에 빛이 고인다. 유리가 부서진 가루 같은.

너의 몸이 옅어지고 있다. 마른 유리로 된 거같이.

옆집도 고요해졌다. 아무 소리도 들리지 않았다. 떠날 채비를 하는 거 같았는데. 문을 열고 닫으며. 옆집을 생각해 보았다. 떠나고 나서야. 인사 한번 나눈 적 없는 이웃을. 본 적도 없는.

고요가 귀를 맴돌았다. 꽉 찬 고요였다. 소리 한 조각 남지 않은. 이 들리지 않는 소리를 이루고 있는 건 뭘까. 귀를 기울여 보았다. 나는 들리지 않는 것의 청취자였다. 귀와 귀 사이가 멀었다.

새 신들이 생겨나고 있었다. 종말에 발맞춰. 말씀들이 부르짖고 있다고 했다. 목젖이 저리도록 울부짖고 있다고. 종말을

향해 손에 손잡고. 말씀이 필요했으니까. 신에게라도 기대야
했으니까. 기한이 지난 말씀이라도. 기한을 놓친 기도라도. 사
람들의 입 속에서 썩어 가고 있는. 기도의 하치장일 뿐이었다.
신에게는 필요할지 모르지만 사람에게는 소용없는.

　그들은 서로를 부정했다. 서로를 사이비로 몰았다. 이름 없
는 신이라고. 자기 부정일지도 몰랐다. 스스로도 믿지 않는.
믿음과 부정이 구분이 안 갔다. 사이비라 몰릴수록 단내가 나
는 믿음이었다. 남은 시간을 사이비에 빼앗기는.

　믿음의 문제가 아닌 거 같았다. 기도가 의문이 되고 있었
다. 길 잃은 기도였다. 이뤄지지 않을 걸 알면서도 빌어야 하
는. 집단 불안 증상이라고도 했다. 불안과 공포와 기도가 불안
정하게 뒤섞인. 한데 뒤섞여 말씀을 뿜어내고 있는. 뭐가 썩어
들어가는지 구별할 수 없이.

　모두 사이비였다. 종말 앞에서는. 유일신 같은 종말을 맞이
해야 할. 그것만이 유일하니까. 다른 믿음은 가능하지 않았다.

　무슨 소리가 났다. 들어도 알 수 없는. 문을 두드리는 건 아
니겠지. 두드릴 사람이 없는데. 올 사람이 없었다. 너 말고
는. 없는 소리를 듣는 걸까. 나는 손바닥을 귀에 대 보았다.
귀에서 나는 소리인지. 사이사이 유령도 섞여 있는 거 같았
다. 유령들이 배회하는 기척이 느껴졌다. 선이 지켜지지 않
는 거같이. 사람과 유령의 경계가 무너진 거 같았다. 선을 그
을 수 없이.

　점점 으슥해지고 있었다. 아무도 오가지 않았다. 어쩌다 오

가던 쓰레기차도 오지 않았다.

옆집에서 냄새가 넘어왔다. 차가운 냄새였다. 유령이 썩고 있는 거 같은. 누가 죽어 있는 건지. 죽은 채로 드나드는 건지. 문을 여닫으며. 선을 넘나들며. 죽어서 집으로 돌아왔을까. 아무 데도 가지 못하는 걸까. 죽고 나서도 갈 데가 없어서.

건망증일지도 몰랐다. 죽은 걸 잊고 있는 걸지도. 두고 간 게 있어서 돌아온 걸지도. 두고 간 기억 같은 게. 살아 있다면 드나들 수 없는. 여기 없는 사람을 알게 되었다. 이웃 유령을. 같은 이웃일 수도 있었지만. 모르는 이웃이라는 건 같으니까.

방에서 나는 냄새일지도 몰랐다. 내가 썩고 있는지도. 썩는 줄 모르고. 나도 죽었을까. 내가 죽였을까. 죽은 몸을 뒤척이는 걸까. 죽어서 뭘 했는지 생각나지 않아서.

나는 생각을 멈췄다. 살아 있는 게 이상했다. 살아 있다고 생각하는 게. 아무도 내가 살아 있는 걸 모르니까. 여기 있는 걸 확인해 줄 사람이 없으니까. 나는 아무 데도 없었다. 없는 사람이 되었다. 스스로 사람인지 물어야 하는.

벽을 두드려도 소리가 없었다. 소리를 잃은 건지. 내 몸에 고요가 들끓고 있었다. 차가운 고요가. 듣지 않으려 했던. 몸에 벌레 구멍이 들끓는 거 같았다. 벌레가 몰려나올 거 같았다.

소행성을 신이라 생각하는 사람들도 있었다. 신이자 신의 심판이라는 거였다. 모든 게 예정이고 필연인. 믿음으로 종말을 받아 내려는 건지. 믿음은 계속돼야 하는 건지. 인간은 계속되지 않는데.

소행성이 다른 세상을 열 거라고 믿는 사람들도 있었다. 충돌의 빛이 천국을 열어 줄 거라고. 충돌의 순간보다 밝은 빛은 없으니까. 모든 게 열리고 트이는 순간이니까. 무자비하게 불시착하더라도.

소행성이 유일한 희망이라고도 했다. 지구를 위해 다가오고 있는 거라고. 찬란한 종말이 오기를 기다려야 한다고. 희망 없는 지구에서. 지구를 비우는 거니까. 인간은 사라지고 지구는 새로울 거니까. 이렇게 다시 시작돼도 되지 않을까.

환각이라고 해야 한다는 이야기도 있었다. 소행성이 다가오는 환각이라고. 그게 정말 신이라면. 인간의 눈으로는 신을 볼 수 없으니까. 스스로 눈을 찌른 게 아니라면. 다가올수록 아니라는 게 밝혀질 거라고 했다. 없다는 사실이. 소행성도. 신도. 찾는 게 뭐든 여기 없는 건 분명하니까. 지금 여기가 신의 부재를 증명하니까. 신의 알리바이를. 신 없는 행성의 신 없는 시간을. 있는지 없는지 확인이 불필요한. 천국 또한 거기 없으니까. 가 봤자 없는 천국에서 되돌아올 수밖에 없으니까. 일생 천국에 가기 위해 살았어도.

알람이 울렸다. 귀를 두드렸다. 귀가 있다는 걸 잊고 있었다.

알람 소리를 들으면서도 끌 수 없었다. 머릿속에서 알람이 터져. 시간이 아니었다. 알람이 터뜨리는 건. 나도 모르게 기억이 터져 나왔다. 순간순간 관자놀이를 파고드는. 머릿속에 흩어지는 기억을 주워 담아야 했다. 담을수록 기억이 번졌다.

잔상 같은 기억이. 얼마나 다시 기억해야 할지. 얼마나 더 기억할 수 있을지. 벌레를 들여야 할까. 잔상을 파먹게. 다 파먹었으면 했다. 다 터뜨렸으면. 기억 하나 남지 않도록.

나를 이루고 있는 것은 나에게 없었다. 네가 떠난 곳에서 네가 떠난 것들과 있었다. 네가 떠난 시간을 되살고 있었다. 많은 순간을 보낸 것도 한순간 지난 것도 같은. 시간이 너를 잊지 못했으니까. 공간이 잊지 못한 게 유령이면 시간이 잊지 못한 건 기억이었다. 열없이 지쳐 가는. 알람이 열없이 반복되고 있었다.

사이비 중 하나에서 집단 자살을 했다. 신의 계획이라고 했다. 종말에 앞서 스스로 심판하도록 하는. 그 계획에 자신들이 선택됐다고. 계획인지 강요인지. 선택을 강요하는 건지. 스스로 선택한 걸로 착각하도록.

─ 지금 시작합니다.

교주 같은 사람이 말했다. 실시간 중계가 이어지고 있었다.

─ 구원이 시작됩니다. 구원은 곧 옵니다.

교주가 말하자 사람들이 기도하는 자세를 했다. 기도를 않는 거 같았다. 기도인지 신음인지 모를. 얼굴빛이 창백했다. 고단하고 황홀한 빛이었다. 이미 독극물을 삼킨 뒤였다.

그들은 죽음을 광신했다. 죽음을 받아들여야 종말을 벗어날 수 있다고 믿었다. 그래야 신의 계획을 지킬 수 있다고. 죽고 나서야 그걸 알게 되니까. 구원은 그렇게 오는 거니까. 그래서 심판을 늦추지 못하는 건지. 치명적인 계시를 받고.

 - 구원을 믿습니다.

사람들이 교주의 말을 따라 했다. 앓는 소리가 하늘에 닿았다. 자신의 신음에 절박해지는. 구원을 이쪽으로 당기고 있는 거 같았다. 다가오는 구원의 빛인지. 이쪽으로 넘어와 그늘을 밟고 있는. 한 점 의구심 없는 얼굴들이었다. 죽음에 자신을 맡기는. 서로를 죽음으로 몰아넣는.

휘파람 소리가 새 나오는 거 같았다. 휘파람으로 지르는 비명일까. 지르는 게 아니라 나오는 거였다. 스스로 어찌해 볼 수 없이. 비명이 이어졌다. 한 구 한 구 휘파람이 보태졌다. 숨 가쁘게 황홀한. 오래 걸리지 않았다. 한 구 한 구 의구심 없는 시신이 되어 갔다.

휘파람이 깨지고 있었다. 비명이 거칠어지고 있었다. 가슴에 얼굴을 묻은 채. 기도는 힘을 잃고 있었다. 간신히 두 손을 모아 보지만. 모은 손이 풀리고 있었다. 손을 내릴 수밖에 없었다. 두 손을 들여다봐야 했다. 기도를 내려놓은 손을. 응답 없이 되돌아와 있는. 기도할 수 없는 걸 기도해서인지. 기도할 수 없는 것에게.

구원의 기대가 무너지는 걸까. 믿음이 깨지는 걸까. 붙잡지도 돌려놓지도 못하고. 계획에 없던 일 같았다. 옮기지 못할 계획이었는지도 몰랐다. 처음부터 어긋나 있는. 구원이 아니니까. 돌이킬 수 없는 파괴니까. 있지도 않은 계획을 지키기 위해 자신들을 파괴하는. 있지도 않은 구원에 사로잡혀.

기도가 멈췄다. 갈라지고 찢어진 소리가 들렸다. 속을 후벼 파는 거 같은. 속이 타는 거 같았다. 목이 타는 거 같았다. 그들은 두 손으로 귀를 감싸 쥐었다. 자기 귀를 빼앗으려는 듯이. 귀가 가진 청각을 원망이라도 하듯이. 귀가 안 들리는 거 같기도 했다. 자기 비명에 귀먹는 거 같기도. 멀어지는 비명을 주워 담지 못하고. 귀에서 멈추지 않는. 죽음에 담기는.

숨이 잘 쉬어지지 않는 거 같았다. 질식하고 남은 숨을 간신히 내쉬는 거 같았다. 기대와 다른 예감에 타들어 가며. 질식된 예감에. 얼굴이 끓어오르고 있었다. 눈이 얼굴을 뚫고 나올 거 같았다. 눈에 핏발이 섰다. 몸이 뒤틀리고 있었다.

그들은 그 자리에 엎어졌다. 피를 덩어리째 토했다. 피가 뜨거워 보였다. 타들어 갈 거같이. 입 속에 혀가 없었다. 핏덩어리를 물고 있었다. 피에 혀가 녹아내린 건지. 혀를 깨물어 삼킨 건지.

피가 바닥으로 퍼졌다. 그들은 자신들의 피를 기었다. 손톱이 빠지도록 바닥을 긁었다. 긁는 데마다 핏물이 들었다. 날카로운 손톱자국이. 비명 자국이.

입술이 벌어져 있었다. 머리가 젖혀진 채. 무슨 말을 하려 했는지. 혀에서 죽은 말이었다. 죽은 혀를 밀어내는. 입 밖을 나온 혀가 되돌아가지 않았다. 숨을 다시 들이마시지 못했다. 가는 빛줄기가 그들의 입 안으로 뻗어 왔다. 죽어서도 닫지 못하는. 이미 몸이 비었을지도 몰랐다. 영혼이 빠져나갔을지도. 구원을 놓치고. 무엇도 구원되지 않는 건지. 영혼도 남지 않는 건지.

집단 자살자의 명단이 공개됐다. 명단을 준비하고 있었다는 듯이. 사이트를 보니 오래된 사이비 같았다. 오래전부터 있어 온. 명단에 너는 없었다. 내가 있었다. 나와 같은 이름이었다. 내 이름이 아닌 거 같은. 누가 이름을 불러도 놓칠 때가 많았다. 돌아보지 않을 때가. 나를 가리키지도 의미하지도 않는 거 같아서. 나는 가만히 나를 불러 보았다. 어떻게 불러야 할지 몰랐다.

자살자들의 유가족은 시신을 확인하라고 했다. 와서 찾아가라고. 내가 죽으면 누가 확인할까. 내 시신은 누가 찾아갈까. 나는 죽을 수 없었다. 네가 오기 전에는. 내가 죽어도 아무도 모르니까. 나를 죽었다고 할 사람이 없으니까. 네가 올 때까지는 살고 있어야 했다. 이곳에 남아 있어야 했다. 얼마나 더 버틸 수 있는지 모르지만. 빈집에 남겨져. 빈 골목에. 주위가 파헤쳐진 묘지 같았다. 빈집에서 빈집으로 묘지를 넓혀 가는.

너는 그러니까 돌아와야 했다. 어서 돌아와야 했다. 떠나기 위해서. 떠나지 못하게 되기 전에. 네가 오면 다 버릴 수 있을 거 같았다. 이곳을 버릴 수 있을 거 같았다. 너를 버릴 수 있을 거 같았다. 너를 버리면 다 버리는 거니까. 모든 것에서 떠나는 거니까.

너와 같이 죽어야 했다. 같이 죽을 수 있을 때까지는 떠날 수 없었다. 같이 버릴 수 있을 때까지는. 죽음이 나를 살리고 있었다. 하루하루 나를 넘기고 있었다. 너와의 죽음을 기다리다가 다시 하루를. 매일 죽기 하루 전날이었다. 네가 오기 전 날이었다. 너를 기다리는 건지. 죽음이 오기를 기다리는 건지.

22

강에 시체들이 떠다녔다. 자살자들이었다. 강물에 몸을 던진. 시체들이 물결을 밀어내고 있었다. 물결이 뒤섞였다. 물살이 느려지는 곳이었다.

물결이 잠잠해지고 시체 하나가 떠올랐다. 한쪽 얼굴밖에 안 보였다. 얼굴에 물빛이 번져 있었다. 물빛이 흐린 거울 같았다. 시체 위에서 뭔가 움직이고 있었다. 달팽이였다. 달팽이들이 시체 위를 기고 있었다. 시체를 닦는 거 같기도 했다. 시체는 깨끗해지는 걸까. 천천히 부드러워지는 걸까.

시체가 나른해지는 거 같기도 했다. 물속의 잠을 자는 건지. 꿈속을 흘러 다니는 건지. 차가운 꿈속을 나오지 못하고. 시체의 얼굴이 잠깐 빛났다. 눈가의 모래가 떨어졌다. 시체가 흘리는 눈물 같았다. 물결에 말갛게 씻기는.

영상 속 멀리 댐이 보였다. 카메라가 댐으로 다가갔다.

댐 위에 두 사람이 있었다. 투신할 곳을 찾아온 거 같았다. 그곳으로 서로를 데려온 거 같았다. 댐 위에 투신한 흔적이 여기저기 보였다. 투신하면서 남긴. 얼마나 많은 사람들이 몸을 던진 건지.

한 사람이 손을 들어 허공을 가리켰다. 알 수 없었다. 무슨 이유로 그러는지. 허공을 열고 있는 거 같기도 했다. 눈앞에 보이지 않는 문이 있는지. 허공을 여닫는.

잠자리들이었다. 허공을 맴도는. 날개가 빛에 물들었다. 두 사람은 물끄러미 잠자리를 바라보았다. 발밑으로 그림자가 감겨들고 있었다. 발을 감는 거같이. 그림자가 질겨지는 시간이었다.

한 사람이 손을 내밀었다. 다른 사람이 내민 손을 잡았다. 그들은 바닥을 골랐다. 허공을 골랐다. 그림자를 풀고 한 걸음 더. 죽음으로 한 발 더 가까이.

말리는 소리가 났다. 말리러 다가오는 사람이 있었다. 다가오기 전에 두 사람은 몸을 던졌다. 손을 잡은 채 뛰어내렸다. 그림자를 놓아두고. 발이 그림자를 빠져나가는 거 같았다. 발밑에 그림자가 없었다. 잠자리들이 소리 없이 날고 있었다.

바람 소리가 들렸다. 그들은 잡은 손을 놓쳤다. 떨어지고 있는 서로를 따라잡기 시작했다. 강물을 향해 더 깊이. 강물은 있는 그대로 그들을 받아들였다. 그 두 사람으로. 강바닥에 깊이 가라앉을지. 강물 위로 떠오를지. 떠오르지 않는 시체도 많다고 했다. 강물 밑에 가라앉아 있는 시체도 많을 거라고. 시체가 가라앉아 있지 않은 강이 없을 거라고.

화면이 다시 댐 아래 강물로 돌아왔다. 또 다른 시체가 떠내려왔다. 물 위에 누워 멍들어 가고 있는. 며칠을 누워 있었는지. 주위를 떠다니는 부유물과 함께.

시체가 강물을 돌아누웠다. 등 뒤로 어두운 물결이 뒤척였다. 시체의 한숨 같은. 한숨을 쉴 때마다 수심이 깊어지는 거 같았다. 얼마나 깊은 숨인지. 수면에 드리운 시체의 그림자가 깊어 보였다. 다리가 보이지 않았다. 잠긴 건지 잃은 건지.

시체가 화면에서 멀어지고 있었다. 물소리가 쓸려 나가고 있었다. 빛이 허물어져 가고 있었다.

영상은 거기서 끝났다.

너와 여행을 간 적이 있었다. 단 한 번. 둘 다 가 본 적 없는 곳이었다. 어디로 가는지 알았다면 가지 않았을. 가고 싶은 곳이 있는 건 아니었지만.

버스는 느렸다. 멀지 않은 거리를 멀리 돌아갔다. 잘못 탄 건지. 목적지에 가기는 하는 건지.

– 혼자 길거리에 남겨진 적이 있었어. 어렸을 때야.

네가 말했다. 차창을 바라보면서.

– 가족들이 나를 잃어버렸을 거야. 내가 가족들을 잃어버렸거나…… 나는 그 자리에 가만히 있었어. 나를 잃어버린 곳으로 올 거 같았으니까. 집에서 멀리 나온 건 아니었어.

버스가 좁은 도로로 들어서고 있었다. 건물이 드문드문해지고 있었다. 너는 말을 이었다.

　- 얼마 안 지나 나를 찾으러 온 가족들이 보였어…… 분명 나를 봤어. 바로 앞에까지 왔으니까…… 그런데 그냥 지나치는 거야. 나를 못 본 거같이.

　- 왜 그랬을까.

　내가 말했다.

　- 나도 몰랐어. 그때까지는…… 나는 가족들을 따라갔어. 나를 못 봤겠지 생각하고…… 갈수록 알 수 없었어. 어디를 찾아다니는 건지. 정말 찾으려는 건지…… 가족들은 나를 찾지 않았어. 찾을 마음이 없었어. 내가 있지 않을 만한 데만 찾아다녔으니까…… 내가 있던 데는 다시 찾지 않았어. 일부러 피하는 거 같았어. 어디서 잃어버렸는지 알고 있어서. 어디 있는지 봐서…… 나를 다시 볼까 봐. 찾을까 봐…….

　너는 말을 멈췄다. 목이 마른지 생수를 마셨다. 잠시 말을 고르는 거 같았다. 남은 생수를 내게 건네면서.

　- 그러니까 본 거였어. 나를 보고도 못 본 척한 거였어. 찾지 못한 거같이 두고 가려고. 나를 버리려고…… 그때 알았어. 잃어버린 게 아니라 버린 거라는 걸. 찾지 못한 게 아니라 찾지 않은 거였으니까…… 찾지 않기 위해 찾아다니는 거였으니까…… 잃어버린 척하는 게 버리는 것보다 간단한 거였겠지?

　우리가 내린 정류장은 아무도 내리지 않았다. 타는 사람도 없었다. 버스를 기다리는 사람도. 아무것도 없었으니까.

　우리는 도로를 벗어나 걸었다. 그 길이 맞는지 의심스러웠다. 걸어도 마주치는 사람이 없었다. 길이 흐릿했다. 길을 잘 못 든 거 같았다. 갈수록 다른 길로 빠지는 거 같았다.

여행은 시작부터 지쳐 있었다. 얼마나 왔는지 알 수 없었다. 얼마나 가야 하는지. 길이 어디까지 나 있는지.

너에게 물어보려는데 길이 끝났다. 길이 끊겨 있었다. 아무 표시도 없었다. 폰의 맵에도 아무 표시가 되어 있지 않았다. 사라진 길 위에 놓인 거같이. 그래서 인적이 없는 거였을까. 걸어도 걸어도 적막한 거였을까.

어디서부터 길을 놓친 건지 알 수 없었다. 계속 놓치다 보면 어디에 닿을지. 우리는 점점 길눈이 어두워졌다. 맵을 믿을 수 없었다. 목적지를 믿을 수 없었다.

바람이 지나가고 먼지가 일었다. 우리는 먼지를 따라갔다. 목적지를 버리고. 왜 왔는지 잊어버리고. 뭐가 이곳으로 우리를 이끌었는지. 그런 게 있었던 거 같지도 않았다.

언덕에 집 한 채가 있었다. 폐가였다. 바람 소리밖에 들리지 않는. 언덕 너머는 흐렸다. 버려진 과수원이 있었다. 버려진 나무들이 비탈을 움켜잡고 있었다. 흙이 물렀다.

– 아…….

네가 비틀거렸다. 제자리에서 미끄러졌다.

– 뭐야. 왜 그래.

내가 말했다.

– 아니야. 괜찮아.

너는 숨을 골랐다. 들쥐가 있었다. 비탈을 가로지르며 내려오는.

죽어 가는 나무도 있었다. 나무껍질에 반점이 들끓고 있었
다. 뿌리가 드러나 곧 쓰러질 거 같았다. 가는 나뭇가지가 떨
렸다. 마른 잎이 떨어졌다.

새였다. 잎을 떨어뜨린 건. 이 나무 저 나무 신경질적으로
옮겨 다니는. 잎이 달려 있던 가지에 적막이 여물고 있었다.
여무는 게 아니라 아무는 걸지도 몰랐다. 빈 가지를 추스르는
걸지도.

우리는 숲으로 들어서고 있었다. 다른 길은 보이지 않았다.
숲에 들어서자 공기가 무거웠다. 그늘도 가라앉고 있는 거 같
았다. 하늘이 낮고 깊었다. 구름이 하늘을 내리덮고 있었다.
그늘을 거둬들이며.

바람이 숲을 깨웠다. 숲이 흔들리고 나무가 흔들렸다. 나무
들이 휘어지면서 바람을 넘기고 있었다. 숲을 통과하는 바람
소리가 들렸다. 숲이 한소리로 숨 쉬는.

바람에 돌이 울었다. 돌탑이 무너져 내렸다. 바람이 방향을
잃고 있었다. 어느 방향으로 부는지 알 수 없었다. 너의 옷소
매가 나부꼈다.

비가 쏟아졌다. 빗소리에 숲이 깊어지고 있었다. 우리는 비
를 맞으며 숲길을 걸었다. 비가 차가워지고 있었다. 몸이 차가
웠다. 몸살기가 느껴졌다. 걸음을 디딜 때마다.

빗줄기가 굵어지고 있었다. 빗줄기에 이파리가 쓸렸다. 풀
이 뒤엉키고 있었다. 서로 움켜잡고 뿌리치고 있었다. 서로 질

겨지고 있었다. 잡지도 놓지도 못하고. 너의 입술이 열어지고 있었다. 빗물이 든 거같이.

절집 처마가 보였다. 작은 암자였다. 지나가도 눈에 띄지 않을 만큼. 우리는 처마 밑에서 비를 피했다. 문짝이 열려 있었다. 안으로 불상이 보였다. 옆으로 돌아앉은 거같이 보이는. 불상 위에 벌레가 앉아 있었다. 앞에 향이 놓여 있었다. 아무도 없었다. 없는 줄 알았다.

뒤곁에 중이 있었다. 하의와 속옷을 내린 채였다. 생식기가 발기돼 있었다.

비 때문일까. 빗소리가 발기를 일으켰을까. 생식기가 뭐에 들려 있는 걸까. 천둥이 울렸다. 불알에 소름이 돋는 거 같았다. 중은 자신의 생식기를 내려다보았다. 불알에 돋는 소름을 헤아리는지. 그걸로 명상을 하고 있는지. 명상할 수 없는 것을.

만지지는 않았다. 만지지 않음으로써 생식기 자체를 감각하는 건지. 손에서 자유로운 생식기 스스로. 소름으로 이뤄진. 이런 생각은 다 나중에 네가 한 말들이었다. 그때를 돌아보며. 그때는 생각할 겨를이 없었다.

발기해 놓고 잊어버린 걸지도 몰랐다. 수행의 한 방법일지도. 무소유의 수행일지도. 자신의 생식기마저 가지지 않는. 손마저 가져가지 않는. 그래서 우리가 안 보였던 걸까. 우리가 있는 걸 알아채지 못했던 걸까. 알면서 모르는 척했는지. 우리가 있건 없건 상관없었는지.

그는 자신의 생식기에 열중하고 있었다. 발기를 수행하고 있었다. 수행은 그를 달뜨게 했다. 그의 얼굴을. 참을 수 없는 수행 같았다. 참을수록 더 참아야 하는. 더 참을 수 없게 되는.

참지 못했다. 무소유하지 못했다. 중은 자신의 손을 놓쳤다. 놓친 손으로 생식기를 움켜쥐었다. 급하고 거세게 흔들었다. 불가항력에 이끌리듯. 손이 달궈지는 거 같았다. 생식기가 달아오르는 거 같았다.

발기는 이제 정직해진 걸까. 그게 더 무소유한 건지도 몰랐다. 무소유마저 가지지 못했으니까. 다른 손은 불알을 돌렸다. 불알이 염주라도 되는 듯. 스스로에게 구하는 자비인지도 몰랐다. 스스로를 위한 자비가 필요했는지도.

어딜 보는지 모를 눈이었다. 눈이 멀리 있었다. 흰자가 커지고 있었다. 깨달음에 사로잡히는 건지. 사로잡힌 채 깨어나는. 번개가 내리쳤다. 흰자가 터질 거 같았다. 그는 멈추지 않았다. 맹렬하고 질긴 손으로. 번개에 눈을 감고. 천둥에 귀를 닫고.

사정을 지연하고 있는 걸지도 몰랐다. 자신과 맞서는 걸지도. 깨달음에 이르고 싶지 않아서. 깨달음을 지연하고 있는 거 같이. 그래선지 경직돼 보였다. 자신에게 눈과 귀를 열어 놓기보다. 깨달음이 가까워 오고 있었으니까. 깨닫고 싶지 않아도. 벗어날 수 없는 힘줄을 따라.

우리는 더 머물 수 없었다. 돌아 나와야 했다. 깨달음을 불러오는 중을 뒤로하고. 보이지 않는 석탑을 돌듯이. 발소리를 진창에 묻었다. 빗소리에 맡겼다. 발자국에 빗물이 고였다. 눈이 먼 걸지도 모른다는 생각이 들었다. 눈먼 중이었을까.

비가 그쳤다. 적막이 돌아왔다. 길을 되돌아와야 할 줄은 몰랐다. 헤맨 길을. 헤맨 그대로. 그것도 젖은 발로. 디뎠던 자리가 눌려 있었다. 발자국이 남아 있었다. 우리는 우리 발자국을 따라갔다. 다시 발자국을 섞으며. 뒤꿈치가 벗겨지도록. 한번 왔던 길이 더 멀었다. 한번 헤맨 길이. 비에 시달린 잎이 파랗게 질려 있었다. 적막이 깊어지고 있었다.

비탈을 내려오자 다시 도로였다. 출발한 그 자리로 돌아와 있었다. 버스가 내려놓은 자리로. 길을 잘못 들었는데도. 다른 길로 빠졌는데도. 되감기고 있는 거 같았다. 길이 나선으로 꼬여 있는 건지. 우리가 걸어서 나선을 감은 건지. 어딘지 모르고 돌다 보면 돌아오는. 엇갈리지도 갈라지지도 않았다. 길이 우리를 못 벗어나게 했다.

출발이 목적지 같았다. 출발로 돌아가는 게. 출발과 도착이 다르지 않았다. 그런데도 멀리 온 거 같았다. 하나도 안 왔는데도. 떠나지 않았는데 돌아온 거같이. 지치고 피곤할 뿐이었다. 우리는 아무 말도 하지 않았다.

숙소를 잡아야 했다. 날이 저물고 있었다. 구름이 몰려다니고 있었다. 발소리가 멀리서 들려오는 거 같았다. 발자국이 흐려졌다. 구름은 내내 걷히지 않았다. 비가 하루 더 남았었다.

방이 습했다. 처음 온 방이 낯설지 않은 건 그래서였다. 모서리가 많은 방이었다. 모서리마다 그늘이 서려 있었다. 어스

름한 빛이 커튼에 어른거리고 있었다.

　우리는 커튼을 걷지도 불을 켜지도 않았다. 쉬는 거 같지 않았다. 몸이 못 쉬었다. 나는 내가 불편했다. 뭐가 불편한지 집어낼 수 없었다. 몸이 흐려진 거 같았다.

　- 그래서 어떻게 했어?

　내가 물었다.

　- 뭘……?

　네가 물었다.

　- 아까 오면서 버스에서 한 얘기 말이야.

　- 아…….

　- 말하기 그러면 안 해도 돼.

　- 음…… 나는 움직일 수 없었어. 가족들은 돌아가고 나는 그 자리에 얼어붙었어…… 내가 없는 거 같았어…… 내가 나를 기다리고 있어야 했어. 내가 나를 찾는 동안…… 내게 돌아오는 동안.

　- 오래 그렇게 있었어?

　- 별로 안 있었던 거 같아. 그때는 오래 있었던 거 같았는데…… 조금씩 어두워지고 있었어.

　- 집에 어떻게 돌아갔어?

　- 저녁이 다 돼서 돌아갔어…… 어떻게 돌아갔는지는 몰라. 생각해 봐도 생각 안 났어. 돌아가고 싶지 않았는데…… 집에 들어서니까 가족 중 하나가 손짓으로 불렀어. 나는 아무 말도 할 수 없었어…… 문 앞에 가만히 서 있었어. 부르는 게 아니

라 가라고 하는 걸지도 몰라서…….

어둠이 가라앉았다. 모서리가 펼쳐지고 있었다. 밤의 모서리가. 그늘을 잃은. 우리는 그대로 잠들었다. 잠 속으로 빨려 들어가듯. 잠으로 남은 여행을 다 보냈다. 잠을 자기 위해 간 여행 같았다. 여행보다 긴 잠이었다. 긴 꿈이었다. 잠들어서도 쉴 수 없었지만. 몸에 열이 오르내렸다. 몸살이 도지고 있었다.

여행 온 거 같지 않았다. 여행이 안 되는 곳인지. 우리가 여행이 안 되는 건지. 여행을 와서야 깨달았다. 우리가 여행을 싫어한다는 걸. 깨닫고 싶지 않아도 깨닫게 되었다. 깨달음 안으로 우리를 구겨 넣었다. 더 깨닫고 싶지 않아서. 한 번의 깨달음으로 여행을 잊었다. 잊을 것도 없는 여행이었지만. 두 번 다시 여행하지 않았다. 다시 깨닫지 않아도 되었다.

23

너와 외계 비행체의 거리가 좁혀지지 않는다. 보기보다 가 깝지 않다.

그들은 너를 눈여겨보는 거 같지 않다. 네게 관심이 없는 거 같다.

평화유지군은 너를 주시하고 있다. 그대로 자세를 풀지 않 으며.

처음에는 동료들끼리였다. 공원에서 같이 일하던 사람들끼 리 순서를 정해 죽었다. 죽였다. 순서대로 죽고 죽이기로 약속 한 거였다. 순서가 오면 앞사람을 죽이고 자신의 죽음을 기다 리기로. 왜 그랬는지는 분명하게 밝혀지지 않았다. 혼자서는 목숨을 버릴 용기가 안 나선지. 동료들 간의 신의인지. 죽음의 놀이인지. 목숨을 건. 목숨밖에 남은 게 없어서.

놀이공원에서 일어난 연쇄 자살이라고 했다. 연대 자살이라고도 했다. 자살을 함께 나누는 동지라고. 공원은 폐쇄돼 있었다. 아무도 놀지 않아서. 입장하지 않아서. 문을 닫고 일을 놓아야 했다. 고요히 칠이 벗겨지고 있는 문기둥 앞에서. 쓸쓸한 고요였다. 종말 후의 고요 같은.

그들은 차분히 순서를 기다렸다. 죽음이 다가오기를. 줄을 서듯이 차례차례. 방법은 뒷사람에게 맡겼다. 죽일 사람의 손에. 대부분 칼을 썼다. 동료를 위해 준비한 새 칼을 선물인 듯 공들여 꽂았다. 깨끗이 다리고 나온 셔츠를 입고. 공들여 고른 줄이나 끈으로 목을 조르기도 했다. 순식간에 졸랐다. 있는 힘껏 고통을 줄여 주기 위해. 고통은 고독하니까. 나눌 수 없는 고통이니까.

그렇게 신뢰 속에서 죽어 갈 수 있었다. 따뜻한 배려를 느끼면서. 고마운 마음으로 평온하게. 앞사람에 대한 배려가 먼저였다. 배려 없이는 신뢰도 얻을 수 없었다. 순서대로 목숨을 맡길 수 없었다.

자살이 아니라 살인이라는 오해를 불러오기도 했다. 살인을 유도한다는. 자신을 죽이는 게 아니니까. 죽기 전에 다른 누군가를 죽여야 하니까. 자발적 피살이라 해도. 누군가의 도움으로 자신을 살해하는. 첫 피살자 외에는 모두 살인자라는 거였다. 그러니까 연쇄 살인이라는 거였다. 살해와 피살이 차례차례 이어지는. 모두 피살자가 되겠지만.

언젠가부터 다른 사람들이 끼어들었다. 어떻게 끼어들었는지 알 수 없는 사람들도 있었다. 자살 미수자들로 알려지기도 했다. 신뢰할 만한 죽음을 찾아 공원에 입장한. 실패 없는 죽음의 놀이에.

연쇄 자살은 그들에게 옮겨 갔다. 그들은 조급했다. 앞다퉈 차례가 되기만을 바랐다. 순서가 밀려 있었다. 대기가 길어지고 있었다. 순서를 어기고 새치기하려는 사람도 있었다. 압박감과 초조함을 견디지 못하고. 그럴 수 없었다. 순서는 반드시 지켜져야 했다. 끊기지 않고 이어지려면. 그게 다였으니까. 순서가 오고 가는 게. 차례를 지키지 않을 사람은 거기서 나가야 했다. 살아서 나가야 했다.

줄을 이을 사람을 데려오기도 했다. 뒤에 설 사람을. 자신을 죽여 줄. 누구나 사람을 죽일 수 있었다. 확실한 죽음을 원하는 사람이라면. 누군지 알 필요도 없었다. 왜 죽으려 하는지도. 누구의 잘못도 아니었다. 책임을 물을 수 있는 일도. 책임질 사람이 없었다.

뒷사람에게 칼이나 줄을 쥐여 주기도 했다. 자신이 직접 고른 것을. 자신에게 선물하는 거같이. 망치를 쥐여 준 사람도 있었다. 대못과 함께. 뒷사람은 그걸 하나하나 박아 넣어야 했다. 공원의 고요가 깨뜨려지고 있었다. 만국기가 떨어져 나뒹굴었다.

뭐든 자살에 사용될 수 있는 거 같았다. 죽고 싶은 방법대로 죽었다. 죽고 싶다는 대로 죽였다. 죽는 사람도 죽이는 사람도 서로 무관심했다. 무관심하고 무성의한 살인과 피살이 이어졌다. 무관한 사람들의 무감한 손을 빌려. 눈이 감기지 않는 피살자가 많았다. 감기지 않는 눈으로 자신을 관찰하는 거 같은. 자신의 시신을. 의심의 눈초리로. 전과 같은 신의와 배려는 없었다. 서로 신뢰를 잃고 있었다.

연쇄 자살은 갑자기 끝났다. 줄이 끊어졌다. 다음 사람이 공원에 나타나지 않아서. 자신의 순서를 잊었는지. 약속을 저버렸는지. 죽이고 싶지 않았을지도 몰랐다. 죽고 싶지 않았을지도. 남은 사람은 난처해졌다. 이번은 자신의 차례가 분명한데. 죽을 줄로만 믿고 있었는데. 혼자 죽음을 떠안아야 할 판이었다. 맡길 수 없으니까.

기다려도 뒷사람은 오지 않았다. 대신 문자가 왔다.

약속을 취소하겠다. 당신을 죽이지 않겠다. 죽이지 못할 거 같다.

다른 해명은 없었다. 변명이라도 해야 하는 거 아닌지. 용기가 안 나 멈췄다고. 살의를 잃었다고.

그는 취소되었다. 스스로 목숨을 버려야 했다. 다른 사람의 손을 빌릴 수 없었다. 자신의 손에 맡겨야 했다. 자신을 죽일 자신을 기다려야 했다. 불완전하고 불확실한 죽음을. 이미 끝난 놀이를 혼자 하고 있는 거 같았다. 그렇게 끝일 줄 몰랐던 놀이를. 혼자 마무리해야 하는 놀이였다. 유일한 자살이었다. 스스로 취소할 수 없는.

당신은 나를 죽였어야 했다. 그러지 않아서 나는 나를 죽인다.

그는 답문자를 보냈다. 나사들이 녹슬어 가는 회전목마 앞에서. 문자를 마치고 회전목마에 불을 질렀다.

불붙은 회전목마가 돌아가기 시작했다. 불이 바람을 타고 커지고 있었다. 방향을 잃은 회전같이. 회전에서 떨어져 나간. 그는 커지는 불 앞에서 불이 커지는 소리를 들었다. 불타는 회전목마 속으로 걸어 들어갔다.

문자가 계속 오고 있었다. 죽은 손을 떠난 폰으로.

자살자들의 숨이 떠돌았다. 죽은 사람들의 공기를 숨 쉬는 거 같았다. 호흡이 떨렸다. 숨 안에 숨 아닌 게 들어차. 목숨 안에 목숨 아닌 게. 목숨을 떠난 게. 자기 파괴의 공기라고 했다. 파괴되기 위해 남은 거 같은. 남은 건 더 나은 죽음뿐이었다. 더 손쉽고 편한. 죽음만큼은 힘들이지 않고 싶으니까. 홀가분한 마음으로. 고통도 두려움도 없이.

실종자도 적지 않았다. 혼자 조용히 죽기 위해 사라진 사람들이었다. 방해받지 않고 죽을 수 있는 곳을 찾아간. 아무 생각하지 않고 죽는 게 나았다. 죽음에 의미를 두지 않는 게. 약간의 죽을힘으로. 죽을힘이 필요하다면.

자신의 죽음이 자살로 밝혀지고 싶지 않은 사람들도 있었다. 시신으로 발견되기 원치 않는 사람들도. 흔적을 남기지 않는 죽음이었다. 살았던 흔적조차 남기지 않으려는. 주검도 잉여가 되기 전에.

빈집에서 실종된 사람들은 실종된 것도 알지 못했다. 집 안에 시신이 그대로 쌓여 갔다. 낯익은 죽음이었다. 죽어서도 그림자를 드리우고 있는. 죽은 사람의 목소리가 들린다고도 했

다. 목소리로 다녀간다고. 대화 소리라고도 했다. 먼저 죽은
사람이 새로 죽은 사람과 대화하는. 그게 들린다면 듣는 사람
도 죽은 거니까. 죽은 사람과 지내는 거니까. 집이 관이었다.
무덤이었다. 문패는 비석이 되었다. 자살자의 이름이 새겨진.
이름에 이끼가 끼고 있었다.

인간은 유족이 되었다. 떠난 건 자살자들이었는데 외로워
진 건 남은 사람들이었다. 장례는 하지 않았다. 그럴 겨를이
없었다. 장례를 치를 유족이 남지 않은 경우도 많았다. 혼자
죽고 혼자 잊힐 뿐이었다.

화장장의 줄이 길었다. 침묵의 장례가 이어졌다. 장례 없이
화장하는. 화장로 불길에 누이는. 시신 주인이 누군지 알 수
없었다. 화장장이 연기에 휩싸였다. 타오른 연기가 구름에 닿
았다. 유해는 근처 아무 데나 버렸다. 불어오는 바람에 뼛가루
가 하얗게 흩날렸다. 그 사이를 고양이들이 돌아다녔다.

나는 집을 나왔다. 머리가 무거웠다. 잠을 이루지 못해서.
잠들려 할수록 잠을 놓쳤다. 잠깐의 선잠도 든 거 같지 않았
다. 숨을 깊이 들이마셨다. 흩어지는 잠을 모으기 위해. 소용
없었다. 뜬눈으로 되돌아와 있었다. 기다려야 했다. 오지 않는
잠을. 오지 않는 너를 생각하며. 너는 나의 불면이었다. 생각
하지 않으려 할수록 떠오르는.

집을 나서자 안개비가 내리고 있었다. 들리지 않는 비였다.
내리면서 사라지는 빗소리였다. 비가 중력을 잃는 거 같았다.
안개가 흩뿌려지는 거 같았다.

나는 걸었다. 머무는 안개 속을. 갈 곳은 없었다. 떠날 곳밖에. 모든 곳이 떠날 곳이었다. 모든 게 떠나고 있으니까. 종말을 향해. 어디로 갈지 생각하고 싶지 않았다. 어디로든 갈 생각이 없었다. 어디든 같을 거니까. 그저 걸었다. 걷고 걸었다.

거리가 적적했다. 사람이 없었다. 시간이 천천히 흐르는 거 같았다. 천천히 줄어드는 거 같았다. 어깨가 젖고 있었다. 안개가 스며들었다. 안개로 숨을 쉬는 거 같았다. 안개에 가라앉아 있는 숨을.

얼마나 걸었을까. 온 길을 뒤돌아보았다. 어딘지 알 수 없었다. 어디로 향하는지. 알 필요는 없었지만. 이곳뿐이니까. 어디로 떠날 수 있을까. 이곳이 아니라면. 먼 곳도 가까운 곳도 없었다. 먼 길도 가까운 길도. 길을 지우면서 가는 거 같았다. 떠날 곳도 돌아갈 곳도 없이.

안개가 멀어지고 있었다. 바람에 흩어지고 있었다. 안개 속으로 사라지는 사람을 보았다. 부러진 우산이 버려져 있었다. 날이 개고 바람이 식고 있었다. 젖은 어깨가 비렸다.

개가 짖었다. 검은 개가 주위를 맴돌고 있었다. 자기도 모르게 짖는 거 같았다. 제 짖는 소리에 놀랐는지 귀가 움츠러들었다. 짖는 건지 우는 건지. 입 주위가 검붉었다. 피가 마르지 않은 거 같았다. 바닥에 피가 흘러 있었다.

걸음을 멈추고 보니 젖이 돋아 있었다. 젖이 도는 거 같았다. 새끼는 어디 있을까. 물어뜯은 걸까. 바로 전까지 젖을 먹여 살린 새끼를. 굶주림에 지쳐서.

개가 목을 가로저었다. 질겁하듯 눈이 떨리더니 다시 짖었다. 빈속이 짖는 걸까. 얼마나 굶주릴 수 있는지. 숨이 붙어 있을 수 있는지. 따라오지는 않았다. 눈이 붉은빛을 띠어 갔다. 석양이 핏빛이었다. 개 그림자가 길어지고 있었다.

저물녘이 길었다. 걸음이 무거웠다. 그림자를 끌고 다니기가. 길이 낯설었다. 폰을 확인했지만 아무것도 표시되지 않았다. 맵 기능이 작동하지 않는 거 같았다. 돌아갈 마음은 나지 않았다. 마음을 돌릴 수 없었다. 걸음을 멈출 수 없었다. 계속 걸어가는 수밖에.

하루살이가 날렸다. 시야를 어렴풋하게 만들면서. 그게 나의 시야이긴 했지만. 모든 하루살이들이 하루를 더 살면 어떻게 될까. 모든 사라진 하루들이 하루 더 있으면. 하루 종일 잠만 자는. 꿈도 꾸지 않고.

음악이 흘러나오고 있었다. 일몰을 가르며 퍼지고 있는 소리였다. 귀 깊숙이 잠겨 오는. 깊은숨을 불어넣는 거 같았다. 숨을 타고 내려앉으면서.

음악 소리를 밟아 갔다. 멀지 않은 곳이었다. 소리가 가까워지고 있었다. 다가갈수록 귀에 익었다. 너와 들었던 음악이었다.

사람들이 모여 있었다. 천막을 치고 야영을 하고 있었다. 사이비 집단 같았다. 봉사 단체 같기도 했다. 사람들에게 침낭과 빵을 나눠 주고 있었다. 사람들이 한곳에 모이다 보니 모여 있게 된 거 같기도 했다.

내게도 침낭과 빵을 나눠 줬다. 아무 말 없이. 그걸 받아 들고 나는 천막 아래로 갔다. 구석 빈자리에 앉았다. 가다가 누워 있는 사람의 손을 밟을 뻔했다. 어두웠다. 빛의 찌꺼기가 침전된 거 같은 어둠이었다. 머리 위로 가스등 불빛이 희미했다.

- 그만 돌아가자.

말소리가 들려왔다.

- 어디로 돌아가. 돌아갈 데가 없는데.

- 여기가 끝은 아니잖아. 그렇게 생각하고 싶지 않아. 돌아가자.

- 여기가 끝이야. 돌아갈 수 있으면 여기까지 오지 않았겠지…… 어딜 가도 끝이야. 모든 곳이…… 모두가…….

흐려져 가는 목소리였다. 한숨 소리가 흩어 놓는. 흩어지는 목소리를 한숨으로 모으는 거 같았다. 흩어지는 숨을. 턱에 힘이 들어가고 있었다. 목에 상처가 보였다. 생긴 지 얼마 안 되어 보이는. 줄을 감았던 흔적 같았다. 나는 목이 가려웠다.

배낭을 가져온 사람들도 있었다. 배낭을 풀고 속에 든 걸 꺼냈다. 침착하게 손을 뻗어. 대부분 먹을 것들이었다. 쇼핑백이나 비닐봉지에 싸 온. 캔이나 보온병도 있었다.

바스락거리는 소리가 났다. 두런거리는 소리도. 인간이 마지막 스낵을 먹는 소리였다. 마지막 음료를 따르는.

나도 빵을 먹었다. 먹어야 할 거 같아서. 빵이 습기를 먹어 눅눅했다. 목에 걸려 잘 안 넘어갔다. 이빨에 통증이 느껴졌다. 이빨 맛이 나는 거 같았다. 이빨의 기억을 더듬듯이. 바닥에서 축축한 흙냄새가 올라왔다. 그림자 냄새일지도 몰랐다. 그림자가 젖어 있는지도.

누가 들어설 때마다 구석이 늘었다. 오가는 그림자가 늘었다. 축축한 그림자가 스몄다. 나는 점점 가운데로 몰렸다. 다들 가운데를 피해 앉는 거 같았다. 눈살을 찌푸리며 서로 희미해져 가고 있었다. 서로를 체념하고 있었다. 체념을 주고받는 거같이.

천막을 떠나는 사람들도 있었다. 말 없는 발걸음으로. 떠나는 게 아니라 어디론가 사라지는 거 같았다. 걷는 것도 무의미하다는 듯이. 걸음이 의미 없으니까. 그런 보폭이었다. 그런 밤길이었다. 돌아오지 않는 밤으로 향하는. 돌아보지 않을 길로. 길이 멀 거 같았다. 밤이 길 거 같았다.

구석에 배낭 하나가 남아 있었다. 누가 남겨 두고 갔는지. 알 수 없는 의미가 담겨 있는지. 비워 둔 의미를 채울 수 없었다. 빈 배낭 속의 밤을. 내일이 들어 있지 않은.

깜박 졸았다. 눈이 감겼다. 졸음이 쏟아졌다. 모을수록 흩어지던 잠이. 잠 속으로 음악이 흘러 고였다. 종말의 긴 전주곡 같았다. 듣고 있다는 걸 잊게 하는. 들리지 않게 된다는 걸. 음악이 아닐지도 몰랐다. 무슨 신호를 보내는 걸지도. 지구의 밤을 틈타.

음악이 겉도는 거 같았다. 귀에 소리가 고이지 않았다. 혼자 들어서일까. 무릎에 얼굴을 묻고. 너와 다시 같이 들을 수 있을까. 귀가 뜨거웠다. 음악이 타오르고 있었다. 소리의 불티들이. 타서 재가 된. 더 들을 수 없었다. 음악이 흩어지고 있었다. 귀가 멀고 있는 거 같았다. 들리지 않는 소리를 감싸 쥐고.

다시 돌아와야 했다. 돌아온 게 아니라 깨어난 거였다. 다른 곳에서 깨어난 거 같았다. 음악이 멎어 있었다. 음악이 멎자 모든 게 멈춘 거 같았다. 사람들의 발길도 끊겨 있었다. 불투명한 고요였다. 밤을 짓누르는 무거운 공기 같은. 밤공기에 밴 달빛 같은.

달빛이 멀고 흐릿했다. 한쪽 눈이 감겨 있는 줄 앒았다. 아직 안 떠진 줄. 까마귀였다. 까마귀가 달을 가리고 있었다. 날개로 빛을 접고 있었다. 깃털에 푸른빛이 깃들었다. 검푸른 달빛이.

천막 아래 웅크린 사람들은 서로 다른 곳을 보고 있었다. 서로 멀리하고 있었다. 멀리하면서 모여 있었다. 모여서 쓸쓸했다. 멀리하려 해도 멀리할 수 없어서. 눈에 밟힐 수밖에 없었다. 피곤에 지친 얼굴이. 얼음같이 굳어 가는 눈이. 눈을 돌려도. 등을 돌려도. 스스로 지치고 서로에게 지쳐 갔다.

자신을 멀리하고 있는지도 몰랐다. 서로의 눈에 담긴 자신을. 숨어들어 간 거 같았다. 빈자리를 옮겨 다니는 침묵 속으로. 무심코 명상하는 자세 같기도 했다. 다시 명상의 시간 같은 게 올까.

진동이 느껴졌다. 흔들림이 몇 차례 이어졌다. 흔들림이 흔들림을 부르는 거 같았다. 흔들림과 함께 뭐가 시작된 건지. 이렇게 시작되는 건지. 가스등 불빛이 희미하게 떨렸다. 어지러웠다. 불빛이 쏟아질 거 같았다. 그림자가 쏟아질 거 같았다. 쏟아질 거 같은 머리를 들었다. 흔들림이 멈추지 않았다. 진동이 천막을 지나가고 있었다.

내게만 느껴지는 걸까. 사람들은 진동을 못 느끼는 거 같았다. 내 몸이 떨리는 걸지도 몰랐다. 멀미를 하는 걸지도. 빵 먹은 게 얹힌 거 같았다. 속이 차가웠다. 으슬으슬 몸이 저렸다. 배가 아파 왔다.

까마귀가 달빛을 털고 날아갔다. 검푸른 그림자가 떨어졌다. 밤의 새가 되돌아가는 시간이었다. 먼 밤으로. 밤이 깊어지고 있었다. 밤공기가 차가워지고 있었다.

모두 자살을 참고 있는 거 같았다. 한숨을 쉬고 돌아누워. 참고 있는 걸 내비치지 않으려. 얼마나 더 참아야 할지. 더 살아야 할지. 살아남아서 생기는 피곤이었다. 살아서 뭘 할지 알 수 없는. 왜 죽도록 살아 있는 건지. 목숨을 부여잡고 있는 건지. 세계가 끝나 가는 동안에도.

돌아누운 사람들 옆에 나도 누웠다. 침낭을 펴고 그 속으로 들어갔다. 피곤했다. 모든 게 피곤에 희석되었다. 몸이 흘러내릴 거 같았다. 돌아누운 사람들의 그림자가 서로 겹쳐졌다. 서로 그림자를 밀어냈다. 잘못 드리운 그림자를. 움직이지 않고 가만히. 밤이 데려가게.

흐느낌이 새 나왔다. 울음을 참는 소리 같기도 했다. 속울음이 섞여 있는. 천막 안의 공기가 바뀌고 있었다. 호흡이 무너지고 있었다. 애써 울음을 막아 보려는 거 같았지만.

얼음이 깨지는 거 같은 소리가 났다. 얼음 같은 눈이 풀리고 있는 건지. 얼었던 울음이 녹기 시작하는 건지. 눈물로 흘러내리면서.

울음소리가 커지고 있었다. 흐느낌이 이어졌다. 울음이 옮겨지는 거같이. 사람들은 울음 안에 머물렀다. 누군가 눈물을 흘리는 동안. 누군가의 울음을 숨죽여 듣는 동안. 울음에 기대 다시 울고 있었다. 울음이 멈춘 데서 다시 시작되는 흐느낌이 있었다. 다 흐느끼지 못하고 남아 있던. 어슴푸레 속울음으로 멈춰 있던.

울음소리가 이명처럼 맴돌았다. 내 귀에서 나는 소리인지도 몰랐다. 내 눈에도 울음이 있었다. 눈 밑바닥에 들어선 흐느낌이. 울기 전에 마르는 눈으로는 울 수 없었지만. 마지막까지 울지 못하는 게 뭔지. 울음을 놓아주어야 했다. 흐르지 않는 눈물을. 울지 못한 눈으로.

짓무른 냄새가 감돌고 있었다. 눈물 냄새 같은. 밤공기에 배이는. 울음이 거둬지고 있었다. 소리를 삼킨 울음인지도 몰랐지만. 숨죽이고 흘리는 눈물로 멀어져 가는. 차가운 흐느낌이었다. 다시 얼어 가는 울음 같았다. 닿지 않는 소리에 귀가 식고 있었다. 달빛도 차갑게 느껴졌다. 온기 없이 멀게.

침낭 속은 온기가 있었다. 사람 냄새 배인. 침낭 속으로 몸이 가라앉는 거 같았다. 피곤에 질려 가고 있었다. 웅크린 채 아픈 배를 감싸고. 마지막 잠일지도 몰랐다. 밤이 실어 나르는 잠이 어디로 가닿을지 알 수 없었다. 밤이 어디서 끝날지. 깨어나면 잠든 곳이 사라졌을 수도 있었다. 깨어날 곳이 사라졌을 수도. 그러길 바랐다. 눈뜨기 전에 이 밤을 빠져나가 있길. 아침에 닿아 있지 않길. 여기서 사라져 있길. 여기가 사라져 있길.

나는 침낭 속으로 더 깊이 들어갔다. 안으로 안으로 멀어져 갔다. 꿈이 마를 거 같은 피곤으로. 꿈 없는 잠 속에서 깨어나지 못할 거 같은. 나와 멀어지고 있는 거 같았다. 멀어져야 하는 게 나라는 걸 알았다. 죽음보다 더 멀리. 침낭 속의 외계로.

24

병원은 온통 낙서였다. 벽이 낙서로 채워져 있었다. 바닥까지 뒤덮고 있었다. 알아볼 수 없는 낙서였다. 먼지와 재에 지워지고 있는. 몇 번의 방화가 있었던 거 같았다.

유령 병원이었다. 천막에서 늦게 일어났었다. 깨어나 보니 정오가 가까웠다. 천막을 나와 걸었다. 침낭을 반납하고. 침낭에 담겨 있는 외계를. 많이 걷지는 못했다. 배가 계속 아팠다. 어디 들어가 쉬어야 했다.

복도는 낮인데도 어두웠다. 자판기가 남아 있었다. 문이 뜯긴 채. 바닥에 동전이 떨어져 있었다. 복도를 따라 병실이 있었다. 버려진 환자복이 여기저기 널려 있었다. 제자리에 있는 게 없었다. 병상이나 기기도. 창은 모두 깨져 있었다.

깨진 창밖으로 목맨 사람이 보였다. 작은 나무였다. 목매기에는 힘없어 보이는. 바람이 나무를 흔들고 있었다. 목매지 않은 곳이 없었다. 어느 곳이든 누군가 목맨 곳이었다. 누군가 뛰어내린 곳이었다.

목덜미가 뒤로 젖혀졌다. 어떤 숨결 같은 게 목덜미에 닿았다. 얼굴 같은 게 나를 따라왔다. 누가 있었다. 뭔가가 병원을 돌아다녔다. 희번덕거리는 기척으로. 힐끔거리는 얼굴로. 자신의 영정을 찾아다니는 걸까. 자신의 장례식을.

거울이었다. 보는 사람이 흐릿해지는. 나는 눈을 감았다 떴다. 거울 속에 가라앉아 있는. 누가 보고 있는 거울인지. 누구의 눈으로 들여다보고 있었던 건지. 거울이 나를 보기 시작했다. 내 얼굴을 오려 내고 있었다. 거울이 아니라 영정 같았다. 나의 영정이 보이는. 영정이 나를 보는.

어느 눈을 가져가야 할지 몰랐다. 뒤돌아보는 눈을 가져가야 했다. 뒤돌아보면 마주치는 얼굴을. 거울 속에서 기울고 있는. 마주쳐도 몰랐다. 마주 보기까지 시간이 걸렸다. 그러다 눈을 두고 갈 거 같았다. 거울 속에 거미줄이 쳐져 있었다.

거울이 일렁였다. 거울에 부딪친 빛이. 뒤돌아보는 눈 속에서. 거미줄에 걸린 빛이었을까. 그 빛이 일렁이는 거였을까. 눈으로 된 거울일지도 몰랐다. 죽은 거미의 눈으로 이뤄진 걸지도.

복도 밖에서 빛이 드나들었다. 감시 카메라는 돌아가지 않고 있었다. 카메라 앞으로 얼굴을 내밀어 보았다. 카메라에 잡히지 않는.

긴 의자가 보였다. 나는 거기 앉았다. 눕다시피 기댔다. 눈이 감겼다. 감길 때마다 잠에 빠져들고 있었다. 잠들지 않으려 해도. 자다 깨다를 반복하면서. 희미하게 피 냄새가 번졌다.

링거에서 피가 흘렀다. 링거 호스에서 핏줄이 자랐다. 나선으로 뻗어 올라갔다. 몸 없이 뻗어 가는 피였다. 나선의 진동이 울렸다. 냉기에 덮인. 유령이 핏줄을 이식하는 걸까. 새 피를 수혈받고 있는 걸까. 핏줄이 팽팽해졌다. 허공을 가다듬는 거같이. 몰리는 피로 매만지는 거같이. 핏줄인간이 만들어지고 있었다. 핏줄을 따라. 겉과 안이 뒤집어진 사람 같은.

눈을 굴려야 했다. 눈을 굴려도 눈이 떠지지 않았다. 두 눈이 연결되지 않았다. 잠에서 못 빠져나오고 있었다. 잠든 사이 눈을 잃은 건지.

핏줄이 풀리고 있었다. 핏줄인간이 찢어지고 있었다. 자신에게서 벗어나는 거같이. 피가 쏟아졌다. 순식간에 내 몸에 섞여 들었다. 피를 나누는 건지.

손을 저었던 거 같다. 깨어나지 못하는 나를 찾아. 나를 더듬어 피를 닦아 내야 했다. 피에 물든 잠을. 몸부림쳐도 발이 떨어지지 않았다. 전신 마취된 거같이. 나는 죽음을 느낀 건지도 몰랐다. 죽을 자리를 찾아온.

심장이 지푸라기 같았다. 지푸라기가 된 심장으로 손을 헛짚었다. 손 닿는 데가 없었다. 의자도 짚어지지 않았다. 깊이를 알 수 없는 의자였다. 의자 밑의 어둠이 의자 위로 올라앉고 있었다. 유령을 짚은 걸까. 차가운 지푸라기 같은. 그거밖에는 아무것도 짚어지지 않아서. 누가 유령인지 알 수 없었다.

유령인지 나인지 헷갈렸다. 내가 유령이어야 했다. 나는 나에게 유령이었다. 어떤 자세도 버틸 수 없는 자세가 되어. 스스로 주체할 수 없는.

거울 깨지는 소리가 들렸다. 그 소리를 짚고 깨어났다. 깨어나야 했다. 소리가 늘고 있었다. 기침 소리도 들렸다. 유령이 느는지 기침이 느는지. 고개를 저어야 했다. 소리가 들리지 않아야 했으니까. 소용없었다. 계속 들렸다. 기침을 하느라 숨찬 거 같았다.

누군가 다가오고 있었다. 사람 소리가 분명했다. 뭘 해야 할지 알 수 없었다. 폰의 손전등을 켰다. 빛이 약했다. 어둠이 일그러질 뿐이었다. 손전등을 껐다. 마주하고 싶지 않았다. 마주할 자신이 없었다. 피하는 게 나을 거 같았다. 피할 겨를이 없어서 잠든 척해야 했다. 죽은 척은 할 수 없을 거 같아서. 긴 의자에 엎드려 숨죽였다. 몸이 떨렸다.

다시 기침 소리가 났다. 발소리가 가까워졌다. 발을 끄는 거 같았다. 머뭇거리는 걸음 같기도 했다.

발소리가 멈췄다. 내 앞을 지나가던. 나를 본 거 같았다. 조심스럽게 살피며 다가왔다. 사람이 맞긴 했다. 얼굴은 보이지 않았지만. 엎드린 채로는 하반신만 볼 수 있었다.

그는 움직이지 않았다. 나도 움직일 수 없었다. 숨도 쉴 수 없었다. 실눈을 뜨고 있기도 두려웠다. 나를 지켜보고 있는 걸까.

그는 라이터를 켰다 껐다. 손가락에 힘이 없어 보였다. 그의

손이 지퍼로 내려갔다. 지퍼를 내리고 생식기를 꺼냈다. 지퍼
사이로 생식기를 쥐고 흔들었다. 바지가 서걱거렸다. 지퍼가
감추고 있던 이빨을 드러내고 있었다.

주머니에서 동전 소리가 났다. 손이 흠칫 멈췄다. 동전을 꺼
내 앞뒤 주머니에 나눠 넣었다. 소리 내지 않으려 주의하면서.
주머니에서 손이 잘 안 빠지는 거 같았다. 손이 아닌 다른 뭔
가가. 주머니에 들어 있던.

콘돔이었다. 콘돔을 꺼내 생식기에 씌웠다. 그의 숨결이 가
빠지고 있었다. 손이 빨라졌다. 머뭇거림이 없었다. 머뭇거림
을 넘어섰다. 그는 손을 멈추지 않았다. 집요하고 격렬하게 반
복되는 손을.

마지막까지 하고 싶은 게 이런 걸까. 마지막까지 톱니바퀴
가 돌아가는 걸까. 머릿속까지 맞물려 멈출 수 없는. 타는 냄
새가 나는 거 같았다. 자석 타는 냄새 같은. 무뎌지기 위한 걸
지도 몰랐다. 무력함을 격렬하게 확인하는 걸지도. 벌서는
거 같기도 했다. 자신과 싸움을 벌이는 거 같기도. 무력한 싸
움을.

지리멸렬한 싸움이 끝나 가고 있었다. 움직임과 멈춤이 동
시에 일어나는 거 같았다. 가래가 끓듯 그르렁거리더니 사정
을 했다. 콘돔 속의 정액을 생산했다. 정자의 사체로 이뤄진.
톱니바퀴가 멈췄다. 그는 빈손으로 돌아가 있었다. 손에 쥔 거
없이. 생식기에서 풀려난 건지. 자유로워진 건지.

그는 허겁지겁 자리를 떠났다. 콘돔을 벗기지도 않고. 지퍼

를 올리지 않은 채. 절름거리는 걸음이었다. 자기 발소리에 놀라는 거 같은. 절름거리지 않고는 걸을 수 없는 거 같았다. 나는 다시 배가 아파 왔다.

소행성 착륙 실패가 속보로 떴다. 집에 돌아와 노트북을 열었더니. 착륙선에 문제가 생겼다고 했다. 착륙 지점을 벗어나 충돌했다고. 충돌 영상이 전송됐다. 착륙선이 옆으로 기운 채 쓰러지고 있었다. 목 부러진 선풍기 같았다. 목이 부러졌는데도 돌고 있는.

애초 기대하지 않았다고 했다. 실패가 뻔히 예상됐기 때문에. 소행성을 파고들어 가 폭발을 일으킨다는 건 기대하기 어려운 일이었다. 그 폭발력으로 소행성의 궤도를 바꾼다는 건 기대도 할 수 없었다. 결국 예상을 뒤집지 못했다. 실패를 확인할 수밖에 없었다. 완벽한 실패였다. 마지막 실패이기도 했다. 달리 할 수 있는 일이 없었다. 아무것도 기대할 수 없게 되었다. 아무 희망도 남지 않았다.

- 오늘은 뉴스가 없습니다. 전해 드릴 소식이 없습니다.

실시간 뉴스가 나오고 있었다. 담담한 목소리였다. 절규를 누르고 있는지도 몰랐지만. 지르고 나서 말하는 건지도. 목소리에 공백이 있었다. 뉴스라고 했지만 뉴스가 아니었다.

세계의 날씨가 예보됐다. 음악이 함께 흐르고 있었다는 걸 알았다. 흘러나오고 있던 음악이 그제야 들렸다. 목소리의 공백을 메우는 거 같은. 종말에 어울리는 음악 같기도 했다.

마지막 방송을 예고하는 곳도 있었다. 마지막 안내 방송이었다. 차분한 종말 예고였다.

– 종말이 시작되면 다시 전해 드리겠습니다. 시청해 주셔서 감사합니다.

그렇게 끝맺었다. 이상한 끝맺음을 이상하게 놔뒀다.

실시간 종말이었다. 순간순간 다가오고 있는. 남은 시간이 없었다. 시간이 사라지고 있었다. 다음 시간을 생각할 수 없었다.

마지막이 시작되고 있었다. 모든 순간이 마지막이었다. 모든 게 마지막으로 있었다. 마지막 숨을 몰아쉬고 있었다. 마지막을 향해. 정말 이게 마지막일까. 마지막 대답을 해야 했다. 할 수 없는 대답을. 답할 필요가 없는. 답은 같았으니까. 어떤 물음을 거쳐도. 처음부터 이렇게 되어 있었던 거같이. 그래도 그래도 했지만 그대로였다. 시간은 그대로 흘러갔다. 그 시간 그대로 마지막까지. 닿지 않는 시간이 되어. 다른 시간은 없었다. 지구를 위해 시간이 재설정되리라 생각할 수 없었다. 어느 한 행성을 위해 우주가 재설계되리라.

세계가 멈췄다. 모든 계획이 취소됐다. 모든 약속이 깨졌다. 아무것도 약속되지 않았다. 약속을 할 수도 지킬 수도 없었다. 약속이 가능하지 않은 세계. 그게 종말이니까. 이 세계를 믿을 수 없었다. 이 시간을 믿을 수 없었다. 누구의 것도 아닌. 아무 날도 아닌. 시간을 갖도록 두지 않았으니까. 날을 채우도록. 시간이 느껴지지 않았다. 숨을 쉴 때마다 시간이 빠져나가는 거 같았다. 눈을 깜박일 때마다.

모두 보아야 했다. 내일이 사라지는 걸. 아무것도 보이지 않는 내일이었다. 아무도 살아 보지 못할. 모든 걸 접어야 했다. 내일을 잃고 오늘을 놓아야 했다. 갈수록 줄어드는 오늘을. 지구의 마지막 요일을. 인간의 손을 벗어난. 움직일 수도 머물러 있을 수도 없었다. 모두 소행성의 움직임을 숨죽이고 바라볼 뿐이었다.

너도 연락이 없었다. 끝까지 연결되지 않았다. 연결이 불가능했다. 폰이 움직이지 않았다. 아무 반응이 없었다. 통신이 끊긴 거 같았다. 지금 연락하지 않으면 영영 못하게 되는데. 영영 너의 목소리를 못 듣게 되는데. 지금 얘기하지 않으면.

- 너는 어디 있을까.

멈춘 폰에 대고 말해 보았다. 내 목소리가 아닌 거 같았다.

창을 바라봤다. 빛이 느린 거 같았다. 느린 빛으로 멀어졌다. 빛 사이로 고요가 넘쳤다. 고요를 들어 보았다. 들어도 들리지 않는. 고요를 타고 침묵이 번졌다. 침묵이 고요를 물들였다. 서로 다른 곳에서 같은 침묵을 머금은. 마지막 인간들이 마지막으로 침묵을 나누는 건지. 마지막 하루가 이렇게 저무는 건지. 바닥 위로 흩어지는 일몰 속에서. 흔들다 만 손짓같이 창을 쓸어 넘기는. 나는 내일이 그리웠다. 내일의 배가 고팠다. 다 되어 가는 시간에 둘러싸여. 텅 빈 시간에. 너를 찾지도 기다리지도 못할.

나는 샤워를 했다.

- 같이 살자.

너는 말했었다. 귓속말로. 네가 나를 처음 씻겨 준 날이었다. 너는 내가 나오는 꿈을 꾼다고 했다. 꿈에 내가 나와서 피곤하다고. 꿈 같지 않아서 깨서도 피곤하다고. 그러니까 같이 살자고.

나는 놀라지 않았다. 너는 놀란 거 같았다. 내가 놀라지 않아서. 나는 너의 말을 들을 준비가 되어 있었다. 네가 뭘 말하든. 어떻게 말하든. 귀가 말랑해지고 있었다. 눈에 열이 느껴졌다. 너의 귓속말이 눈꺼풀로 옮아왔다.

- 웃는 거지? 그렇지?

네가 말했다.

웃음이 나왔다. 너의 귓속말로 시작된 웃음이었다. 너도 웃고 있었다. 말에 웃음이 섞여 있었다. 입가에 맺힌 웃음이 만져질 거 같았다. 나는 너의 말을 들어야 할 거 같았다. 네 꿈을 믿어야 할 거 같았다. 네 꿈에 나오느라 피곤했으니까.

너는 간지럼을 태웠다. 길어지는 웃음이었다. 웃음소리가 반복되는. 너의 손이 나의 웃음 위를 미끄러졌다. 발가락으로부터 꼬리뼈를 타고 올라 목덜미까지. 살갗에 너의 지문이 남았다. 온몸이 너의 지문투성이였다. 너의 손을 빠져나올 수 없었다. 따듯했다. 너의 지문도.

안 쓰던 감각이 쓰였다. 안 들던 감정이 들었다. 감정이 풀리는 거 같았다. 감정인지 감각인지 구별이 안 갔지만. 느끼기 전에 이미 타고 있어서. 이런 느낌은 어디 숨어 있었던 건지.

나도 모르게 갖고 있던 건지. 느껴 본 적 없는 느낌이었다. 맡아 본 적 없는 냄새가 났다. 냄새가 좋았다. 비누 냄새였을까. 처음 써 보는.

너의 지문이 깊어지는 거 같았다. 마음이 움직이는 거 같았다. 안 쓰던 마음이 쓰였다. 손에 잡힐 거같이. 속마음이 겉에 있는 거같이. 마음이 아픈 거 같았다. 안 쓰던 감각이 쓰이면 처음에는 통증으로 다가오듯.

비누 거품이 났다. 나는 비누같이 풀어졌다. 거품같이 가벼워졌다. 마음이 놓였다. 벌거벗은 마음이. 너를 향해 기우는 마음까지.

- 같이 아프자. 마음을 내려놓고.

수증기가 피어올랐다.

거품이 우주가 되었다고 했다. 한 방울 거품이 터진 거라고. 무의미한 거품의 질주일 뿐이라고. 거품으로부터 멀어지는 거품이었다. 질주로부터 멀어지는 질주였다. 무의미하게 계속되고 있는. 의미가 떠나는 거같이. 자신을 떠나는 거같이.

소름이 돋았다. 너의 지문이 돋아나는 거 같았다. 나는 너를 느꼈다. 멀미가 날 만큼 멀어지는 너를. 멀미로라도 너를 느껴보고 싶었던 건지. 언제까지였을까. 같이 살자는 건. 너와 같이 살면 언젠가 혼자가 되는 걸까. 살던 거기에 혼자 남게 되는 걸까. 혼자라는 걸 확인하면서.

안 하던 생각이 들었다. 생각을 놓으려 할수록. 몸이 식고 있었다. 너의 지문이 사라지고 있었다. 몸을 빠져나가는 거같이. 모든 게 나를 떠나고 있었다. 나로부터 너를 사라지게 하고 있었다. 너의 모든 걸 비우고. 감정도 감각도. 돋지 않는 소름으로 멈춘.

불이 나갔다. 어둠이 욕실을 뒤덮었다. 어둠 속에서 거품을 씻어 내렸다. 어둠을 씻어 내렸다. 몸이 시렸다. 샤워기에서 칼날이 쏟아지는 거 같았다. 칼날같이 시린 어둠이. 닿는 데마다 살이 베이는 거 같았다. 물이 아니라 피가 흘러내리는 거 같았다.

손을 더듬어 벽을 찾았다. 벽이 없었다. 바닥이 보이지 않았다. 거기 발을 디디고 있는지. 모두 사라진 걸까. 사라진 세계의 빈자리일까. 사라진 세계의 고요 같았다. 차가운 고요였다. 지구라는 물거품 속의 고요 같은. 텅 빈 우주 속의 고요 같은. 시간이 흐르는 방향을 알 수 없었다. 어느 쪽에서 흘러오는지. 어느 쪽으로 향하는지. 어디까지 닿아 있는지. 아침은 오지 않을 거니까. 다시 밝아 오지 않을 거니까.

나는 너의 손을 잡았다. 다만 지금. 놓치더라도 지금. 너와 손을 잡고 있는 사이 모든 게 달아졌다. 비는 단비가 되었다. 잠은 단잠이 되었다. 너와 함께 떨어지는 꿈이었다. 꿈을 멈출 수 없었다. 너의 손을 잡고 있어야 했다. 마지막이 될 손을. 이 꿈의 끝이 궁금했다.

끝나지 않을 것도 같았다. 계속 떨어진다면. 바닥에 닿지 않으면. 우리는 구름을 딛게 될까. 바닥 없는 구름을. 깊은 구름 속에 몸을 담그고 싶었다. 몸이 가물거렸다. 무게가 느껴지지 않았다. 구름의 무게에서 내가 빠졌다. 잠의 무게가 빠졌다. 구름이 걷힌 건지도 몰랐지만.

네가 나를 떠올리는 거 같았다. 그게 느껴졌다. 네가 나의 꿈을 꾸는 건지. 내가 너의 꿈을 빌린 건지. 종말 직전의 지구로 떨어지는. 나는 너를 숨죽여 불렀다. 소리 나지 않는 소리로. 꿈속인 줄 알면서도. 어떤 말도 너를 부르는 게 되었다. 어떤 소리도. 그 속에 있을 거라 생각지 못한 소리까지 입술에 부딪쳤다. 입술이 말랐다.

너의 손이 차가워졌다. 너무 차서 놓칠 거 같았다. 심장이 시렸다. 시들고 있는 거 같았다. 식물이 되어 가는 거같이. 심장에 바람이 이는 건 그래서였을까. 뛸 때마다 시들해졌다. 피가 시렸다.

너는 내 손을 놓았다. 놓친 게 아니었다. 놓은 거였다. 놓는지 안 놓는지 모르게. 잡았었는지 안 잡았었는지 모르게. 나는 나를 놓쳤다. 꿈속에서 사라지고 있었다. 바닥에 부딪치고 나서야 내가 죽었다는 걸 알았다. 너의 손으로 나의 장례를 치러야 했다. 너의 옷을 입고.

너는 내가 누운 관을 닫았다. 나를 화장로로 밀어 넣었다. 말없이 차가운 손으로. 무감각으로밖에 느낄 수 없는. 죽음의 감각일지. 시체의 감각일지.

나는 탔다. 사방에서 불길이 번져 왔다. 불이 몸에 옮겨붙었다. 몸을 타고 숨차게 타올랐다. 피어오르는 연기에 질식할 거 같았다. 몸속의 공기가 끓어올랐다. 피가 끓었다. 눈물이 끓었다. 눈물 한 방울까지. 피 한 방울까지. 몸이 뒤틀렸다. 불길 속에 몸을 놓쳤다. 불타는 소리가 머릿속을 파고들었다. 불의 메아리에 에워싸였다. 재가 된 메아리에. 타오르는 재가 검게 떠다녔다. 타고 남은 재가 잠 속으로 내려앉았다.

너의 손결이 느껴졌다. 재가 된 내게 손을 뻗는. 재가 되어도 느껴지는 건지. 기억하는 걸까. 기억하는 줄 모른 채 남아. 돌아갈 곳 없는 기억이었다. 돌아보려 해도 돌아볼 수 없었다. 기억할 수도 잊을 수도 없게 되어서.

나는 나를 뿌리고 싶었다. 너의 잠 속에. 재를 쓸어 모아. 그림자를 쓸어 모으듯이. 재로 가도 알아봐 줄까. 재가 된 손을 건넬 수 있을까. 재가 된 말을. 식어 가는 재를 데우며. 식어 가는 그림자를.

거기가 끝이었다. 더 꿀 꿈이 없었다. 그러니까 이건 내 꿈이 아니었다. 내 꿈이 아니니까 놓으면 안 되었다. 네가 꿈을 찾으러 올지 모르니까. 그대로 둬야 했다. 바로 알아볼 수 있게. 찾아갈 수 있게. 나는 사라지고 있다는 것만 알면 되었다. 사라지고 있다는 것만 잊으면. 내가 나를 잊어야 했다. 꿈을 손에 쥐고. 꿈 주인이 올 때까지. 내가 사라져서 나는 나를 알게 되었다. 나를 알고 싶지 않았다.

25

너는 잠시 멈춘다. 그리고 다시 걷는다. 그리고 다시 멈춘다.
카메라가 너에게 집중된다. 드론이 분주하다.

달이었다. 소행성이 다가가는 곳은. 달과 충돌한다는 거였
다. 간발의 차이로 지구를 비껴가. 궤도가 또다시 바뀌었다고
했다. 이번에도 예측할 수 없었다고. 원인이 뭔지도 알 수 없
다고.

전 세계가 한숨 돌렸다. 안도의 숨을 내쉬었다.

사람들이 모여들었다. 거리 행렬이 이어졌다. 축제 같기도
시위 같기도 했다. 안도와 불안이 뒤섞인.

종이 연이 날아올랐다. 어디서 날아온지 모르는. 연을 태우
기도 했다. 연에 적힌 글자를 태우는 거 같았다. 사람들이 주
위에 둘러서 있었다.

보디 페인팅을 한 사람들이 돌아다니고 있었다. 입술이 하얗게 부풀어 있었다. 부르튼 건지. 한 얼굴에 많은 얼굴이 있었다. 많은 표정이 뒤범벅돼 있었다. 무언극 같기도 했다. 춤을 추는 거 같기도.

제복을 입은 사람들의 퍼레이드도 있었다. 악대 같기도 했다. 모두 한 얼굴로 무표정했다. 소란하지 않은 퍼레이드였다. 고요한 축제였다.

안도할 상황이 아니었다. 잠시 시간을 벌었을 뿐이었다. 종말이 잠시 비껴갔다고 다른 무엇이 오지 않았다. 종말을 피할 수 있는. 소행성과 충돌한 달이 지구로 향할 수 있다고 했다. 소행성보다 더 큰 달의 일부분이 지구로 떨어질 수도 있다고.

여러 덩어리로 쪼개질 거라고도 했다. 여러 개의 달이 생길 수 있다고도. 지구로 떨어지지 않는다면. 적정 거리를 유지한다면. 더 다가오지도 멀어지지도 않은 채.

밤이 오고 불꽃이 솟아올랐다. 여기저기서 불꽃놀이가 끊이지 않았다. 사람들의 얼굴이 붉게 물들었다. 잠시 활기가 돌았다. 서로 환호하고 화답을 나눴다. 달뜬 분위기에 젖어.

실시간 영상이 계속 올라왔다.

하늘이 불타올랐다. 몇 개의 달이 한 하늘에 있었다. 초승달부터 보름달까지. 불꽃이 달을 모았다. 불꽃으로 된. 솟아오른 불꽃이 내려오지 않았다. 달을 누비며. 달 뒤로 수많은 불꽃 나비가 날아 나왔다. 가오리 같기도 했다. 밤하늘을 너울거리는.

불꽃을 바라보던 사람들의 눈이 너울거렸다. 뒤꿈치를 든 채 눈물을 흘렸다. 방울방울 불빛이 고이는. 그 속에서 불꽃이 터지는 게 보였다. 눈이 타오르는 거 같았다. 빛이 흘러나오는 거 같기도 했다. 곧 흩어졌지만.

사람들의 고개가 기울고 있었다. 눈물이 무거워서인지. 머리를 젓는 건지. 달을 잊기 위한 걸까. 달을 잊는 마음으로 눈물을 기울이는 걸까. 눈물을 나누듯이. 눈물이 마르면 불안해질 거니까. 사람들의 눈물을 밝히며 퍼지는 불안이었다.

조명탄을 쏘아 올리는 거 같기도 했다. 우주를 향해 구조 신호를 보내는. 불안이 피운 불꽃이었다. 한숨 어린 불꽃이었다. 모두 불발탄이 될. 아무 데도 가닿지 못하고. 불꽃의 한숨 소리가 들리는 거 같았다. 불이 흐려졌다. 빛이 빠져 보였다. 눈물에 번진 잔상같이.

불꽃이 사그라지고 있었다. 밤하늘에 무수한 빗금을 그으면서. 사그라질수록 서늘해져 오는 어둠 속으로.

달이 산산조각 날 거라는 이야기도 있었다. 충돌을 견딜 힘이 없는 건지. 부서진 달 조각들이 무더기로 지구로 쏟아질 수 있다고 했다. 작은 조각으로도 큰 위험이 될 수 있는.

지구의 고리가 될 수 있다고도 했다. 수많은 조각들이 지구 주위에 흩어져 있을 수 있다고. 지구 중력에 묶여 지구를 돌면서. 망가진 인공위성 같은 우주 쓰레기와 함께.

축제 분위기가 무거워지고 있었다. 거리 행렬도 끝나 가고 있었다. 열없어 보였다. 얼굴들이 어두웠다. 달그림자가 이마까지 짙게 드리워져 있었다. 달에 그림자를 둔 거같이.

그림자들이 줄을 잇고 있었다. 불안이 들어서는. 얼굴 없는 웃음소리도 섞여 있었다. 불안정한 웃음이었다. 뒤틀리고 가위눌린. 절박한 웃음일지도 몰랐다. 불안을 떨치기 위한. 웃음을 쥐어짜듯이 얼굴에 담으려 하는 거 같았다. 웃을수록 숨 막히는 쓴웃음이 되고 있었다. 웃음기가 가시고 있었다. 표정이 사라져 있었다. 불안에 질린 거 같은.

악대의 음악이 옅어지고 있었다. 마지막 행렬이 지나갔다. 희미한 가로등 아래로. 그 너머로. 그림자를 거둬들이고. 그 열없음을. 그림자가 더 짙어지는 거 같았다. 불빛을 빠져나가면서. 안도가 식어 가고 있었다. 불안은 사그라지지 않았다. 불안으로 남은 축제의 끝이었다. 거리와 행진은 채워지지 않았다. 밤거리를 굴러다니는 그림자에 덮였다. 구르고 굴러 불안으로 퍼지는.

영상도 더 올라오지 않았다.

대화를 시작한다. 인간과 지구의 미래가 달렸다.

외계 비행체로부터 메시지가 전송되었다. 인터넷으로 폰으로. 모든 방송과 통신으로. 침묵을 깨고 접속을 재개했다. 인간에게 동시에 모든 개개인에게. 모든 언어로 동시에 각 개인이 쓰는 언어로.

세계의 반응이 속속 올라왔다. 세계가 긴장하고 있었다. 긴박하게 돌아가고 있었다. 인간을 구하려는 걸까. 지구를 보호하려는 걸까. 그렇게 믿어야 했다. 믿거나 믿지 않거나 같다면. 가늠할 겨를이 없었다. 외계에 기댈 수밖에 없었다. 지구에서는 할 수 있는 게 없으니까. 어떻게든 궤도가 한 번 더 바뀌길 바라는 게 나았다. 달도 비껴가기를.

그런데 어떻게 구할까. 우리를 구하는 이유는 뭘까. 목적이 숨겨져 있지 않을까. 그들이 지구를 설계했기 때문일지도 모른다고 했다. 설계하고 건설한 식민지라서. 그들은 우주 여러 곳에 식민지를 건설했을지도 몰랐다. 지구도 그중 하나일지도. 몇 번째 식민지일지. 몇 번째 지구일지.

외계의 음모라고도 했다. 뭔가를 요구하기 위한 것일 수도 있다고. 인간이 거부할 수 없는 걸. 소행성을 이용해 일방적으로. 지구를 돌려받으려는 거라고도 했다. 식민지를 거둬들이기 위해.

그렇지만 돌려줄 수 있을까. 지구는 우리 것이 아닌데. 우리 손을 떠났는데. 돌려주면 가져갈까. 책임지고 거둘까. 그쪽에서 건설했으니까. 그쪽이 설계했으니까. 이게 메시지에 대한 답이라고 했다. 이렇게 보내야 한다고.

외계 비행체가 소행성을 달 쪽으로 옮겼다는 이야기도 있었다. 그들이 소행성을 움직인다는 거였다. 소행성 자체가 그들일 수 있다고도 했다. 그들의 우주선이나 무기일 수 있다고. 순간적으로 궤도를 돌리는.

믿기 어려운 이야기들이었다. 그야말로 이야기일 뿐이었

다. 메시지를 둘러싼. 더 두고 봐야 했다. 아무것도 밝혀진 게 없었다.

달이 파리해지는 거 같았다. 달빛이 떨리고 있었다. 깜박이는 거같이. 달이 모호해지고 있었다. 미확인이 되어 가고 있었다.

공기에서 비린내가 맡아졌다. 달 냄새라고 했다. 소행성 그림자가 달에 드리워지는. 얼마나 가까이 다가가 있는 건지. 밤이 깊을수록 달이 보이지 않았다. 검은 달 같았다. 소행성 그림자에 갇힌. 차가운 그림자 속에. 우주가 깊어졌다. 나는 배가 아파 왔다.

인간이 외계에서 왔다는 이야기도 돌았다. 우리가 어디서 왔는지 알 수 없는 건 그 때문이라고 했다. 그러니까 인간이 곧 외계인이라는 거였다. 그걸 몇 번이나 망각해야 했다고 했다. 스스로 숨기기 위해. 더 망각할 수 없을 때까지. 그래서 우리를 구하는 거라고 했다. 그들 자신이니까. 그들 자신의 재생이니까. 또 다른 부활일지. 잃어버린 고리일지.

그들을 숭배하는 사람들도 있었다. 그들에게 외계인은 신이었다. 메시지는 예언이었다. 외계로부터 전파된. 외계 비행체를 타고. 천국과 지옥도 외계에서 들어온 거라고 믿었다. 실제 그런 행성이 있을 거라고.

외계에 매달리는 거같이 보이기도 했다. 그들은 외계 비행체에 탑승할 수 있다고 믿었다. 외계 비행체가 자신들을 구원해 줄 거라고. 탑승자 명단이 있다고. 그런 일은 일어나지 않았다. 비행체 근처도 가지 못했다. 외계는 그들에게 관심이 없는 거 같았다.

그들은 메시지에 답신을 보내기도 했다. 외계의 신 앞으로. 신은 응답하지 않았다. 아무 반응이 없었다. 그들은 그게 신이라는 증거라고 했다. 그런 무응답이 더 숭배해야 할 이유라고. 그런 침묵의 신호가. 받들지도 두려워하지도 말라는. 자신에 대한 숭배를 원치 않으니까. 신을 흉내 내지 않으니까. 그들은 더 묻지 않는다고 했다. 답을 기다리지 않는다고. 침묵을 믿으니까.

알 수 없는 믿음이었다. 끈질기게 스스로를 설득하고 있는 거 같았다. 스스로 최면을 걸 듯이. 회의적인 반응이 많았다. 설득도 납득도 되지 않는다는. 종교 중독이라고도 했다. 숭배 대상을 원하는. 그 대상을 계속 바꾸는. 그들에게 종교는 취미였다. 개종을 즐기는 거 같았다. 개종의 악취미를. 그들은 그걸 개안이라 불렀지만.

벌레가 밟혔다. 살아 있는 벌레였는지. 사체인지. 벌레가 득실거렸다. 도시를 뒤덮고 있다고 했다. 숲의 벌레들이 무슨 이유인지 도시로 이동하고 있다고. 벌레 때문에 집에 들어갈 수 없을 정도라고. 벌레들로 빈틈이 없어서. 벌레로 지은 집같이. 사람에게 파고든다는 이야기도 있었다. 옷 속으로. 몸속으로. 이상 현상이었다.

메시지를 믿을 수 없다는 사람들도 있었다. 그들이 보낸 건지 불확실하다는 거였다. 그러니까 그들에게 구원을 기대할

수 없다고 했다. 우리에게 구원이 될 수 없다는 걸 인정해야
한다고. 얼마 남지 않은 시간을 헛된 기대로 허비하지 않으려
면. 다시 절망에 빠져야 하니까. 빠졌던 절망에. 다시 빠져나
올 수 없는.

메시지를 지워야 할까. 우리는 무슨 기적을 잃어버린 걸까.
하늘은 저렇게 푸른데. 기적을 잃기에는 너무나 푸른데. 하
늘에 손 빌릴 수 없게 되었다. 기적 밖으로 밀려난 세계가 되
었다. 기적인 줄 몰랐던. 무심코 이뤄지는 당연한 일이라 믿
었던.

무너지는 세계에서 넘어지는 느낌이었다. 신도 운이 다한
걸까. 부활하지 못하는 걸까. 자신이 신이라는 걸 잊은 건지.
인간이 믿는 데는 없는 건지. 인간이 손댄 종교에는.

벌레를 털거나 쓸어 담는 영상이 돌았다. 태우기도 했다. 불
속에서 벌레들이 튀어 올랐다. 벌레들이 불을 옮겼다. 없앨 수
있을 거 같지 않았다. 불이 벌레의 통로가 되고 있었다. 벌레
가 계속 느는 거 같았다.

영상에 자막이 달렸다. 벌레는 살아남을지도 모른다고.
이전의 위기에도 살아남았으니까. 지구는 벌레 행성이 될
거라고.

벌레를 삼키고 죽은 새들도 있었다. 또 다른 영상이었다. 더
이상 날 수 없게 된 새들이었다. 날개를 접고 죽은 채로 발견
된. 날개가 굳어 펴지지 않는다고 했다. 가만히 서서 기절한
듯 차갑게 식는다고. 날 수 없는 날개에 부리를 묻고. 벌레들

키스마요
―
185

에게 날개를 뺏기기 전. 갈가리 찢기기 전.

　지구 생명체가 소행성 충돌에서 비롯됐다는 이야기도 있었
다. 소행성에 실려 온 물질에서 생겨났다는 거였다. 그것이 퍼
져 모든 생명체로 진화했다고 했다. 지구 생명체가 우주에 흔
한 물질로 이뤄져 있는 것도 그 때문이라고. 그러니까 종말은
끝이 아니라고 했다. 우주에 흩뿌려지는 메아리라고 했다. 긴
시간 흩어지고 모이기를 반복하는 메아리라고. 종말을 반복
하며 퍼져 나간. 모든 게 모두에게서 이뤄진 거니까. 우리 하
나하나에게서. 우리가 그랬듯이. 지구가 그렇듯이.

　비가 바닥에 빗발을 내밀었다. 빗소리가 들렸다. 벽을 타고
흘러내리는. 비가 반복해서 내렸다. 그러니까 창조 전야일까.
충돌과 함께 시작되는. 이 비는 창조의 시작을 알리는 비일까.
창조의 파종일까. 씨앗같이 뿌려지는. 얼마나 긴 창조를 불러
오고 있는 건지. 어디까지 가게 될지 모르는.

　비 오는 새벽이면 꿈을 꾸지 않았다. 눈으로 꾼 꿈이 아닐지
도 몰랐지만.

　― 쌍둥이들만 사는 행성이 있대.

　너의 말이 떠올랐다. 무슨 이야기를 하다 그런 말을 했는지
는 떠오르지 않았다.

　― 그럼 아이들도 다 쌍둥이의 아이들이겠네.

　내가 말했다.

　― 그렇겠지. 쌍둥이들 사이에서 태어난 거겠지.

　네가 말했다. 나는 기다렸다. 네게 더 할 말이 있는 거 같아서.

- 어느 외계인하고 우리가 쌍둥이일 수도 있다고 했어……
잃어버린 쌍둥이라고. 우리 몸 중에서 쌍이 없는 게 그 흔적이
라는 거야.

- …….

그다음 네가 무슨 말을 했는지는 잘 기억나지 않았다. 우리
가 지구와 같은 쌍둥이 행성을 찾는 것도 그래서라고 했었나.
서로를 확인할 수 있도록. 쌍둥이인 걸 알아볼 수 있도록.

슬리퍼 한 짝이 돌아와 있었다. 어떻게 잃어버렸는지 모르
는. 잃어버린 뒤에는 네 거 하나를 돌려 신었었다. 발에 커서
자주 벗겨졌었다.

누군가 우리를 창조하고 있는 걸까. 신의 탈을 쓴. 우리는
아직 창조되지 않은 게 될까. 다른 지구가 되는 걸까. 무슨 행
성이라 부를지 알 수 없는. 지옥이 설계되는지도 몰랐다. 충돌
의 빛 속에서 싹트는. 달 없는 지구는 지옥일지 모르니까. 눈
앞에 펼쳐지는.

지구는 새로 생긴 지옥일지도 모른다고 했다. 지옥으로 삼
을 곳을 찾아다니는 건지. 인간에게 지옥을 이식하는 건지. 식
민지를 건설하듯이. 이미 지옥인지도 몰랐다. 우리 스스로 지
옥이 된 걸지도. 지옥을 두고도 지옥인 줄 모르는. 지옥은 여
기 있으니까. 죽어서 가는 게 아니라 살아 있는 동안 있으니
까. 지옥에 자신을 내주고 살아가듯이.

지옥이 인간을 필요로 하는 걸까. 인간이 없으면 지옥도 없
을까. 인간 없는 우주는 지옥 없는 우주일까. 소행성은 죄일까

벌일까. 죽어서도 지옥을 못 벗어나는 걸까.

　신이 오지 않았기 때문에 이곳이 생긴지도 몰랐다. 한 번도 신이 있었던 적이 없었기 때문에 이렇게 되었는지도. 그 무엇도 신의 일을 맡지 않았기 때문에. 무엇에도 신이 깃들지 않았기 때문에. 있는 것보다 없는 것을 확신할 수 있으니까. 신에게 확신을 가질 때는 신이 없을 때니까. 응답을 찾을 수 없는.

26

모래바람이 떠 있다. 너의 눈을 찌르는 거 같다.

너는 다시 걷는다. 외계 비행체에 거의 다가가고 있다.

달이 그늘져 보였다. 이지러진 거 같기도 했다. 이지러진 모양이 코르크 같았다. 모양이 회복되지 않았다. 코르크가 열리면 이 세계는 쏟아질지도 몰랐다. 달이 열리면.

달도 지구였다고 했다. 지구에서 떨어져 나간 거라고. 지구와 거대한 소행성의 충돌로. 그러니까 달은 지구의 일부분이었다. 지구 파편과 잔해들이 긴 시간 다시 뭉쳐진. 그 달에 소행성이 다가와 있었다. 다가오는 속도가 빨라지고 있다고 했다. 돌이킬 수 없는 걸까. 하나뿐인 달을.

밤의 공 소리가 들렸다. 찾지 못할 공 소리 같았다. 밤의 그림자 소리같이. 달이 그림자를 당기는. 이어폰을 꽂고 있어

도 뚫고 들어왔다. 어지러운 귀울림같이 파고들었다. 달이
진동하는 소리일지도 몰랐다. 소행성이 달에 다가가는 소리
일지도. 불길한 그림자를 드리우면서. 소리가 전달되지는 않
겠지만.

먼지에 손자국을 내 보았다. 네가 사라진 시간을 모으고 있
는. 네가 없는 빈자리에 먼지가 피어났다. 먼지의 빛으로 다시
내려앉았다. 먼지의 숨으로. 한숨이 깊었는지도 몰랐지만. 모
든 먼지를 모으면 달 하나쯤은 복원할 수 있지 않을까. 모든
한숨을 모으면. 모든 불면을 모으면.

너의 생일이었다. 네가 없는.

생일 축하해.

너에게 문자를 보냈다.

- 내 생일을 기다린 적이 없어. 기억해 주는 사람도 없었
고…….

너는 말했었다. 말을 흐렸다. 그래서 나는 너의 생일을 더
기억했다. 더 기다렸다.

뭘 해 본 적은 없었다. 뭐라도 하고 싶었지만 생일이면 너는
아팠다. 생일마다 어째서 그런지 알 수 없다고 너는 말했다.
생일이 낯설다고. 돌아오고 돌아와도.

나는 뭘 하면 좋을까 생각하다가 밖으로 나오곤 했다. 소리
안 나게 문을 닫고. 아픈 너에게는 잠이 나으니까. 고요한 잠
이. 어서 나았으면 했다. 아프지 않았으면. 생각해 보면 널 위
해 뭘 한 적이 없었다. 모든 게 너 때문이었지만 널 위한 적은

없었다.

너는 오지 않았다. 생일은 다시 왔는데. 어딜까. 돌아오지 않는 너는. 생일 밤이 타들어 가고 있었다. 초도 없이. 우리가 같이해야 할 오늘을 놓치고. 오늘도 너는 아플까. 혼자 앓고 있을까. 무슨 날인지도 모르고.

너는 태어나면서 누군가를 죽였다고 했다. 너의 쌍둥이를. 태어날 때 마주친. 너와 마주치고 달아나는. 너는 손을 뻗었다고 했다. 그 애를 잡으려고. 어떤 악력 같은 게 있었는지. 그 애를 잡을 수 없었지만.

– 달아나다 잘못된 거 같아. 먼저 나간 거 같았는데 뭐가 잘못된 건지.

너는 말했다. 태어나면서 잊어버린 게 있다고. 뭘 잊었는지 모르겠다고.

먼저 나간 너의 쌍둥이는 사산됐다. 숨넘어가는 산통 속에서. 첫울음과 부음이 함께 들렸다. 운 건 너였다. 네가 태어난 건 기적이라고 했다. 그 애 대신 기적을 잡은 손이었다. 돌이킬 수 없는 악력이었다. 돌이킬 수 없는 기적이었다.

너는 생모가 너를 버린 게 그 때문이라고 생각했다. 태어나지 못한 쌍둥이 때문이라고. 생모가 누군지 몰랐지만. 얼굴도 모르게 되지만. 너를 낳자마자 버리고 갔으니까. 탯줄이 잘린 순간 너는 알게 됐다고 했다. 잘린 게 탯줄만이 아니라는 걸.

너는 관계를 파괴하면서 태어났다. 너의 생모와 아빠는 가정을 이룰 관계가 아니었다. 실수였다고 했다. 의도된 실수였는지도 몰랐지만. 아이를 가지면 어쩌지 못할 거라는. 일어나지 않아야 할 실수였다. 너를 갖게 되면서 모든 게 금이 갔다. 관계를 깨뜨리고 서로를 무너뜨렸다.

생모는 네가 두려웠다. 너를 낳기가. 너를 지우려 했다. 쌍둥이를. 아무도 모르게. 또 다른 관계를 막아야 했다. 어떤 관계를 불러올지 몰랐다. 그런 마음이 태내로 전해지는 거 같았다고 너는 말했다. 너는 두려웠다. 배 속인데도 추웠다.

네가 가장 먼저 한 일은 출생이 아니었다. 태어나기 전에 생모와 싸워야 했다. 태어나기 위한 싸움을 해야 했다. 생모는 너를 낳은 게 아니었다. 몸에서 떼어 낸 거였다. 떼지 못한 핏덩어리를. 그게 다였다. 태어났다는 게 유일한 기적이었다. 지웠는데 태어난 거 같은. 더 이상의 기적은 없었다.

너는 아빠 손에 자라야 했다. 아빠의 친척 손에. 너를 아빠에게 버려두고 갔으니까. 너에게 생모는 생모지만 생모에게 너는 자식이 아니었다.

어린 아빠는 실의에 빠져 있었다. 집에 거의 붙어 있지 않았다. 집에서 없는 사람이나 마찬가지였다. 너를 돌보기는커녕 자신을 추스를 의지도 없었다. 너를 방치한 거나 다름없었다.

차가운 집이었다. 어두운 가족이었다. 그중에서도 네가 가장 어두웠다. 잘 보이지도 않았다. 네가 있는 집과 없는 집이 다르지 않았다. 네가 있는 집이 더 어두운 거 같았다. 어둠 속에 숨을 수 있을까.

너는 가족이 두려웠다. 매정한 사람들이었다. 아무 표정이 없는. 드물게 띠는 웃음도 어두웠다. 신경질적인 웃음이었다. 뱀 같은 냉소였다. 송곳니에서 비어져 나오는.

그들은 서로를 피했다. 서로 상처를 주고받을 때만 달아올랐다. 서로에 대한 분노로. 분노로 깊어지는 눈을 희번덕이며. 어두운 가윗날 같은. 위태위태했다. 가라앉은 상처가 언제 달아오를지. 누구의 분노가 먼저 폭발할지. 분노를 머금고 있는 거 같았다. 받은 상처는 잊지 않았다. 준 상처는 몰라도. 성마른 얼굴로 서로를 물어뜯었다. 받은 대로 다 돌려주겠다는 듯이. 서로가 먹잇감이었다. 서로 잘 아는 먹이였다. 분노가 차오르길 기다렸다 다시 물어뜯었다. 성에 안 차는지.

그 틈바구니에서 너는 자랐다. 가족의 보살핌이 아니었다. 무관심하고 무신경한 손길이었다. 뱀이 새의 알을 품는 거같이. 아빠의 방치는 계속됐고 무신경한 손길은 손가락질로 변해 갔다. 매몰찬 멸시로. 너는 온갖 손가락질 받는 것의 닮은 꼴이어야 했다. 하루하루 그런 뭐가 되어 있었다. 그런 뭐로 자라나 있었다.

네가 뱀이 되었다. 너는 그 집의 겨울 뱀이었다. 긴 겨울 동안 자신을 품어야 하는. 겨울이 다 가도록 스스로 부화를 돕는. 그들이 너를 뱀으로 만들었다. 그들의 멸시와 냉소가.

— 뱀을 낳았네. 뱀을 낳고 가 버렸어.

그들이 그렇게 말했다고 했다. 입 속을 널름거리는 혀로. 너는 네가 두려워졌다.

그들은 너를 부정했다. 부정하고 부인했다. 너를 숨기기 위해. 아무도 몰랐으면 해서. 너도 너를 부정하고 싶었다. 누구도 기댈 사람이 없었다. 기대고 싶지도 않았다. 사랑은 바라지도 않았다. 이곳이 사랑으로 되어 있지 않다는 걸 알게 됐다. 누구도 너를 사랑하지 않는다는 걸. 누가 사랑한다면 이렇지 않을 거니까. 아무것도 바라지 않는 게 나았다. 사랑받을 이유가 없다고 생각했다. 너도 사랑하지 않을 거니까.

사랑 대신 거짓을 알아차렸다. 거짓 울음을. 소리를 내면 안 되니까. 가족들이 울음소리를 싫어하니까. 울음을 숨길 수 있게 되면서 거짓이 시작되었다. 어떤 울음은 달았다. 사탕을 물고 있는 거같이. 단 눈물을 물고 가만가만 울었다. 울음을 빨아 먹었다.

그렇게 울음이 사탕이 되었다. 가짜 사탕이. 언제든 빨 수 있도록 눈 속에 넣어 둔. 언제든 울 수 있도록. 울음을 삼킬 수 있도록. 눈물만큼씩 녹고 있는. 가짜 사탕에 길들여지면서 가짜만을 찾게 되었다. 가짜에서만 진짜 느낌을 갖게 되었다. 가짜가 따로 있는 건 아니었지만. 진짜가 따로 있는 건 아니었으니까.

가짜 사탕을 빨다 잠들기도 했다. 목이 말랐던 건지. 눈물로 목을 축이면 입맛이 돌았다. 먹다 남긴 음식도 맛있게 먹을 수 있었다. 먹다 남긴 음식만 줬으니까. 너에게 버렸으니까. 그나마도 어서 집어 먹어야 했다. 눈물인 줄 알고 삼킨 게 많았다. 사탕인 줄 알고 빤 게.

어린 아빠는 너를 두려워했다. 술을 안 마시면 너와 눈도 마주치지 못했다. 마주칠 틈을 주지 않았지만. 술을 마시면 달랐다. 변신했다. 재미없는 변신이었다. 재미없는 장난감을 들고 와서 잠을 깨웠다. 잊어버릴 만하면 나타나서. 누더기를 덧댄 거 같은 얼굴로.

시시했다. 정말 시시함이란 이런 거지. 시연을 해 보이는 거 같았다. 너에 대한 두려움을 들키지 않으려. 너는 장난감을 던졌다. 깨고 싶지 않은 잠을 깨웠으니까. 악몽을 불러들였으니까. 너에게는 깨어 있는 게 악몽이었다. 깨어날 수 없는 악몽이었다. 눈을 뜰 수도 감을 수도 없는.

또 다른 악몽이 만들어지고 있었다. 아빠의 손에. 아빠는 너의 악몽이니까. 너는 너의 악몽이니까. 그 애의 꿈인지도 몰랐다. 태어나지 못한 아이의 악몽인지도. 너를 차지하려 드는. 꿈 주인이 바뀐 거 같았다. 그 애의 악몽을 네가 대신 꾸는 거 같았다. 태어나지 못한 줄 모르고 꾸는 꿈을. 기억보다 긴 악몽을. 기억 속에 말라붙은. 미라가 된 꿈같이.

— 나는 태어나면서 뭘 잊었을까…… 내가 아닐지도 모른다고 생각했어. 태어난 건. 그 애일지도 모른다고…… 생모에게 버려진 것도 그 애일지 몰랐어. 나를 버린 게 아니라…… 누구를 버리는 줄 모르고 버린 걸지도…… 누가 버려진 건지 알아차리지 못하게…….

너는 내게 말했었다. 말하다 멈춘 말로. 다시 이어지는 말로.

— 내가 데려가야 했어. 버려진 그 애를. 내가 다시 버릴 수는 없으니까…… 손의 감촉이 와 닿는 거 같았어. 버림받은 손의

악력이…… 누구로 태어난지 모르고 태어난…… 누가 누구를 낳았는지…….

슬픈 변신이기도 했다.

- 그런 생각이 들었어.

너는 말했다.

- 미안하다. 더 좋은 곳으로 초대하지 못해서. 아무 도움이 되지 못해서.

아빠가 그런 말을 하기도 했다고. 악몽의 조각 같은. 그럴 때마다 슬픔에 질린 얼굴이었다. 슬픔에 매달리는 거 같기도 했다. 자신의 혼잣말에 먹먹해지면서. 안간힘으로 바뀌면서. 꼴사납고 볼썽사나웠다. 볼꼴 못 볼꼴 다 보인 꼴이었다. 침 냄새 같은 게 감돌았다. 슬픔을 머금고 있는 거 같은.

너는 일어서야 했다. 듣지 않으려. 아빠의 슬픔에 시달리기 전에. 같은 사람이 아니었다. 같은 사람으로 온다고 믿을 수 없었다. 아빠가 누군지 알 수 없었다. 올 때마다 다른 사람이 되어서. 다른 날과 어떻게 다른지. 더 나쁜 악몽을 꾸는 건지.

아빠 자신도 모르는 거 같았다. 자신이 누군지. 누구여야 하는지. 자신이 여러 사람인 줄 아는 건지도 몰랐다. 한 사람인 걸 잊고. 자신이 아니라고 착각하는 건지도. 그게 진짜 슬픔인 줄도 몰랐다. 그럴 수 없기 때문에. 어떻게 해도 그 자신이니까. 진짜 자신이라서 낯선 건지. 그가 아닌 다른 무엇은 없었다. 다른 무엇일 수 없었다.

- 재미없는 아빠. 재미없는 줄 모르는 아빠. 변신하지 마. 애

쓰지 않아도 돼. 나에게 무엇도. 제발 바랄게. 그렇게 하자. 아빠는 하나면 돼. 겁 많은 아빠면. 잊지 않고 용서하지 않을게. 그만 놔. 사랑은 안 돼. 버려도 괜찮지만 사랑하는 건. 사랑한다고 착각하는 건.

너의 소화 기관은 뱀 같았다. 소화되지 않은 사탕이 남아 있었다. 빨다 만 울음이. 그것에 체하기도 했다. 혀가 타는 거 같았다. 갈라지는 거 같았다. 너는 고열에 들뜬 뱀이었다. 얼굴에 열꽃이 피었다. 얼굴이 사라지고 열꽃만 남은 거 같았다. 이빨이 녹는 거 같았다. 이빨이 부서지도록 몸부림을 쳐야 했다. 흩어지는 몸부림을. 눈을 감자 감을 눈이 흩어졌다. 입을 막자 막을 입이 흩어졌다. 가짜 사탕을 토했다. 울지 못한 울음을. 삼키지 못한 눈물을. 넘치는 눈물로 눈을 닦고. 열꽃을 씻어 내리고.

눈물의 의미를 알 수 없었다. 왜 눈물이 쓴 건지. 다른 눈물을 흘리는 건지. 혼자 하는 거짓말 같았다. 입을 다물고 하는. 그런 거짓말은 썼다. 심장이 거짓으로 뛰었다. 거짓말이 심장에 닿아서. 너의 거짓말은 정말이었으니까. 자신에게 하는 고백이었으니까. 소리 내지 못한 말을 삼키는. 너의 거짓말이 너를 비췄다. 말라 가는 눈물로. 너에게 투명해지는.

거짓을 잃고 있었다. 거짓 울음을. 잃고 있는지 모른 채. 거짓이 느껴지지 않았다. 거짓말은 지켜지지 않았다. 똬리를 틀기 전에 빠져나갔다. 허물이 벗겨지는 뱀같이. 거짓말을 벗겨 내자 할 말이 비어 있었다. 그러니까 모든 말은 거짓말이었다.

혓바늘이 돋았다.

너는 거울을 보고 싶지 않았다. 보고 있으면 아빠가 떠올라서. 점점 거울을 멀리하게 되었다. 너는 얼굴을 비우고 싶었다. 아무도 너를 못 알아보게. 너도 너를 못 알아보게. 이름도 비우고 싶었다. 아빠와 나눠 가진 거 같은. 이름이 없었으면 했다. 아무도 부를 수 없게. 찾을 수 없게. 네가 네가 아니었으면. 너도 너를 몰랐으면. 너는 사라지고 싶었다. 너를 아는 모두에게서. 모든 곳에서.

사라지지 못했다. 사라진 건 아빠였다. 너의 아빠는 갑자기 죽었다. 바닥에 엎드려 숨져 있었다고 했다. 정확한 사인은 알 수 없었다고. 네게 알려 주지 않은 건지도 모르지만.

아빠를 문상 오는 사람은 거의 없었다. 아무도 울지 않았다. 울 사람도 없었다. 너는 빈소를 혼자 지켰다. 혼자 잠들어 있었다.

잠 속으로 그림자가 발을 내밀었다. 다른 발을 내밀까. 내디딜까. 자신을 문상하러. 한 발짝도 움직이지 않았다. 자기 그림자를 못 빠져나오는 거 같았다. 어느 그림자는 뚝뚝 물을 흘렸다. 손으로 그림자를 닦았다. 냄새가 가시지 않는 거 같았다. 냄새가 있었는지.

– 안녕. 아빠. 아빠를 떠나보낼게. 그래야 할 때니까. 다 잊어버리고 가. 돌아보지 말고. 진실을 듣고 싶었지만. 내가 쌍둥이 중 하나라는 걸. 말하지 못할 진실이었는지. 마주하지 못할 다른 진실이 있는 건지. 모두에게 고통이 되는. 이제 알고

싶지 않아. 잊어버려도 돼. 아빠를 용서했으니까. 아빠도 용서해. 아빠를 그만 놓아줘. 나를 놓아줘. 누가 누구를 놓는 건지 모르겠지만. 용서할 수 있는지. 어떻게 용서해야 하는지. 아무도 용서하지 못하게 된 건 아닌지. 아무도 용서받지 못하게. 그래도 아빠를 용서해 볼게. 그러지 않고는 나를 용서할 수 없을 거 같아서야. 아빠를 보낼 수 없을 거 같아서야.

너는 눈물이 고였다. 눈물이 고인 너를 거울로 보고 있었다. 흐르지 않는 눈물을. 어떤 얼굴을 해야 할지 몰랐다. 어떤 얼굴이 튀어나올지. 일그러진 얼굴로 다가올지. 거울에서도 냄새가 났다.

눈물이 싱거웠다. 눈물 자국을 따라 말라 가는 울음이었다. 너는 울음을 거뒀다. 눈물을 거두고 눈을 거둬야 했다. 얼굴이 돌아와 있었다. 너로 돌아와 있었다. 돌아가고 싶지 않은 너로. 입 안에서 재 맛이 느껴졌다.

시간이 걸렸다. 시간이 소화되느라. 너는 자라지 않는 거 같았다. 때가 되지도 오지도 않았다. 때가 되어도 알 수 없었다. 때를 놓쳤다. 시간에 구멍이 난 거 같았다. 내일이 텅 비어 있었다. 네 것이 아니었으니까. 네 것이 되지 않았으니까. 네 소유의 뭘 가진 적이 없었다. 마음에 담은 적도. 뭐든 마음에 둘 수 없었다. 마음을 접고 생각을 접어야 했다.

소화 불량의 시간이었다. 너는 자주 체했다. 체기가 가라앉으면 허기가 밀려왔다. 더 질긴 허기가. 그렇게 허기와 체기를 오갔다. 빈속과 얹힌 속 사이에서. 시간이 거꾸로 흐르는 거 같았다. 심장이 거꾸로 뛰는 거 같았다. 너를 향해. 심장이 가려웠다. 피가 가려웠다.

너는 입맛을 잃고 있었다. 가진 적 없는 걸 잃어버린 거같이. 입맛이 변하고 네가 변했다. 자해의 맛을 알게 됐다.

너는 스스로 고통을 불어넣었다. 고통만이 의미 있는 거 같았다. 너를 살아 있다고 느끼게 하는 건 고통뿐이니까. 그러니까 자해를 그만둘 수 없었다. 너를 물어뜯지 않을 수 없었다. 차가운 이빨로. 고통을 마주해야 했다. 고통에 맡겨야 했다. 너를 어디로 데려갈지. 고통에 매달리는 건지도 몰랐지만. 고통만을 느낄 수 있는 몸으로. 다시 자해에 이르는.

지옥이라도 짚고 있는 거 같았다. 지옥이라도 짚을 데가 필요했는지 모르지만. 고통에서 빠져나오려 하지 않은 채. 네 손이 지옥이었다. 짚는 데마다 지옥이었다. 지옥이 지지 않았다. 씻어도 가시지 않았다. 움직일수록 지옥이 퍼지는 거 같았다. 성장 중인 지옥인지. 고통을 미루지 않고.

너는 시간을 집어삼키고 싶었다. 단숨에 먹어 치우고 싶었다. 한순간도 남지 않게. 나빠질 일만 남았으니까. 더 나빠지기 전에 삼켜 버리자. 갖기 전에 잃어버리자. 갖지 못할 거니까.

너는 네 손을 놓아야 했다. 너라는 가족을 제명했다. 가족들의 손에 자라지 않으려 스스로 집을 나왔다. 차가운 손아귀에서 빠져나오려. 가족이라는 지독한 지옥에서. 금이 가고 있는 지옥이었다. 악몽마저 새고 있는. 서로가 서로를 파괴한 건지.

너는 생모를 이해한다고 했다. 이해를 멈춘 것일 뿐이지만.

이해되지 않으리란 걸 알고 하는 이해였다. 그래야 잊을 수 있으니까. 이해하지 않는 게 나을지도 몰랐다. 잘못 이해하는 것보다는. 이해하고 싶은 대로 오해하는 것보다는. 그러면 잊을 수 없을지도 모르니까. 모두 잊어버리고 싶었다. 완전히 잊어버리고 싶었다. 지독한 상처도 고통도.

집을 나온 너는 혼자가 되었다. 완전한 혼자가 되었다. 아무도 모르는. 아무도 모르게 살아가야 하는. 겪어 보지 못한 악몽이었다. 혼자 걸어가야 하는 지옥이었다. 걸을수록 발이 빠지는. 한 발 내디딜 때마다 발밑이 사라졌다. 제자리가 사라졌다. 발을 디딜 데가 없었다. 제자리가 없었다.

지옥을 나온다고 천국이 기다리지는 않았다. 다른 지옥이 기다리고 있었다. 때를 기다리고 있었던 거같이. 같은 지옥은 하나도 없었다. 다음 지옥이 손을 내밀었다. 놓을 수도 뿌리칠 수도 없는. 이미 지옥의 손아귀 안이었다. 놓여날 수 없이 붙잡혀 있었다. 안도 바깥도 없이. 입구도 출구도 없었다. 지옥은 계속 생기고 있었다. 다음 지옥으로 열려 있었다.

시간에 맡길 수밖에 없었다. 시간의 구멍을 채워야 했다. 시간이 넘쳐흘러 너를 옮길 때까지. 내일이 손을 뻗어 너를 넘길 때까지. 닿지 않는 안간힘으로. 손에 잡히는 것 없이. 내일이 안 보이는 건 그래서였다. 다른 내일이 열리지 않는 건.

27

전모를 드러낸 건 처음이라고 했다. 외계 비행체가 키스마요 상공에 머물러 있었다. 키스마요 해변 위에.

두 개였다. 머물고 나서야 두 개라는 걸 알게 되었다. 한데 모이고 나서야. 아무도 두 개라는 걸 몰랐다. 두 곳에서 동시에 나타나는 줄 알았지. 순간적으로 나타났다 순간적으로 사라지면서. 다음 순간을 알 수 없이.

두 개의 나란한 알이었다. 숨 막히는 대칭을 이루고 있는. 숨 막히는 속도로 회전하면서. 쌍둥이 같았다. 서로의 회전을 이끌고 있는 거 같았다.

외계인은 생각보다 우리와 닮았을지도 몰랐다. 우리와 닮은 행성에서 왔다면 비슷하게 진화하지 않았을까. 지구와 닮은 곳에 외계인이 있을 거라는 지금까지의 추측이 맞다면. 그들이 지구에 닿은 것도 그 때문일 수 있다고 했다. 자신들과 닮은 행성을 찾아 나선 거라고. 닮은 생명체가 있을 수 있는.

외계인이 인간의 진화를 이끌었을 수 있다고도 했다. 그들의 설계에 맞게 진화하도록. 그들 자신을 통째 이식했을지도 모른다고 했다. 자신들과 다르지 않도록. 그래야 통제하기 편하니까. 식민지를 건설하기도. 어떤 실험일 수도 있었지만.

그러다 뭔가 잘못된 걸까. 돌연 그들이 떠났다. 예기치 못한 일이 생겼는지. 돌이킬 수 없는 문제였는지. 진화가 다른 방향으로 일어났는지도 몰랐다. 가지 않아야 할 방향으로. 포기하는 게 낫다고 느끼게 되는.

그들이 만든 건 괴물이었을까. 괴물을 두고 급히 떠난 거였을까.

빛이 있었을 거였다. 지구를 이륙하는 우주선의 빛이. 그 빛을 보고 인간은 일어섰다. 인간은 그렇게 시작되었다. 몸서리치듯 인간으로 달려가야 했다. 진화의 헛걸음을 반복하면서. 헛걸음이라도 늦출 수 없었다. 살아남아야 하니까. 더 괴물이 되더라도. 괴물이라서 살아남았는지. 설계된 결함인지. 그런 선택을 하도록 만드는. 그게 선택인지는 모르지만. 선택할 수 있는 건지.

우리에게 외계는 외계가 아니었다. 모계였다. 우리가 외계인이었다. 지구가 외계였다.

누가 올린 글인지 의심스러웠다. 외계인이 올린 글인지. 지구 인터넷에 접속한. 그들이 계속 지켜보고 있었던 건지. 관찰하고 기록을 남기고 있었던 건지. 굳이 돌이켜야 했을까. 우리의 헛걸음을. 우리가 괴물임을. 그들 스스로 계속되는 의문일지도 몰랐다. 풀 수도 삼킬 수도 없는.

외계 비행체가 온 건 그래서였다고 했다. 과거의 실패를 되풀이하지 않기 위해서. 오래 미뤘던 실패를. 오래 방치한. 인간은 진화가 멈췄으니까. 진화의 동면에 들어간 거같이. 스스로 진화를 막고 있는지도 몰랐지만. 인간이라고 하는 것에 눌러앉아. 그 선택이 어떤 선택을 닫는지. 어떤 가능성을 잃어버리는지.

그들이 와서 진화의 기회가 열릴 거라고 했다. 다음 진화가 이뤄질 수 있는. 다른 인간이 될 수 있는. 더 이상 인간이 아닐지도 모르지만. 다른 종이 될지도. 다시 외계인이 될지도. 인간이 처음부터 인간인 건 아니었으니까.

그런데 그게 우리를 위한 걸까. 우리가 아니라 그들을 위한 걸 수도 있지 않을까. 또 다른 설계가 깔린 걸 수도. 외계인은 천사가 아닐 수 있으니까. 그들의 손안에서 놀아나는 걸지도 몰랐다. 그들의 설계를 못 벗어난 채. 선택의 시간이 남지 않았으니까. 미래가 닫혀 있으니까. 종말을 향해. 가로막히면서 다가오는. 마지막 진화가 시작된 건지. 시작되자마자 끝날 진화인지. 미래가 없을지도 몰랐다. 그들이 손을 펼치지 않는 한.

습기에 잠을 설쳤다. 잠 속까지 달이 서성거렸다. 달빛의 습기였을까. 달빛이 젖어 있었다. 어둠이 젖고 있었다.

어지럽고 답답했다. 습기에 눌리는 거 같았다. 몸이 무거웠다. 피가 늦게 도는 거 같았다. 응어리지는 거 같기도 했다. 상한 피같이.

아직 달이 남아 있을 때 끝내고 싶었다. 달이 사라지기전에. 우리가 지키려 하는 게 목숨이 아닌 걸 알았다. 목숨 건다는 것도 의미 없어 보였다. 목숨 걸고 살고 싶지 않았다. 원한 적 없는 이 삶을 왜 지켜야 할까. 병적으로 집착하는 거 아닐까. 삶에 중독된 거같이. 중독됐다는 걸 알지 못하고. 이제 끊어야 하지 않을까. 중독에서 벗어나야 하지 않을까.

삶이 소중하다면 죽음도 소중하다. 삶에는 죽음이 각인돼 있으니까. 죽음이 삶을 깨울 거다. 삶을 절감할 때는 그걸 잃을 때니까. 죽기 외롭다면 함께 외로우면 된다. 죽을 만큼 외롭다면. 죽을 때만큼은 외롭지 않게.

우리는 더 늦출 수 없었다. 준비에 시간이 걸렸지만. 서두르기로 뜻을 모았다. 늦어도 목요일까지는 끝내기로.

글이 올라와 있었다. 동반 자살 후기였다. 실패기이기도 했다. 성공한 사람이 올릴 수는 없으니까.

한 동반 자살 모임이었다. 한날한시에 죽음을 같이한다는. 어떤 사람도 환영한다고 했다. 어디서든 환영받지 못하는 사

람도. 모임의 끝이 목적인 모임이었다. 언제든지 그만둬도 됐
지만. 그만두고 살아 있어도. 목숨을 끊지 않아도. 마음이 바
뀌었다면.

글이 이어졌다.

목요일에는 비가 왔다. 예보를 지키려는 듯. 다음 날까
지 비가 예보돼 있었다. 빗방울이 무겁게 떨어졌다.
손을 내밀어 비를 쥐어 보았다. 젖은 손을 들여다보았
다. 젖은 공기가 목숨을 끊는 데 도움이 될 거 같았다.
한 사람이 약속 장소에 오지 않았다. 약속 시간이 넘어
도. 연락도 되지 않았다. 더 기다릴 수 없었다. 기다리지
않기로 했다. 마음이 바뀌었다고 판단하고. 늦고 있는
건 아니라고 생각했다. 늦게 올 수는 없으니까. 우리에
게 중요한 건 시간이었다. 목숨을 끊기로 예정된. 그게
거기 있는 이유였다. 그 시간에 죽기 위해서.
미리 구해 놓은 방에 도착했다. 모텔이었다. 아래층에 교
회가 있는. 모텔을 향해 기도하는 건지. 모텔 너머로. 그
사이에서 우리도 구원받는 걸까. 그런 구원이라도 있다
면 이걸 성공하게 해 달라고 빌었다. 끝내게 놔두라고.
그럴 필요가 느껴지지 않는 기도였다. 누구에게 빌고 있
는지 알 수 없는. 기도라기보다 다짐에 가까웠지만.
젖은 몸을 말리고 실행에 들어갔다. 폰을 끄고 청테이프
와 신문지로 창을 막았다. 창 주위가 검게 그을려 있었

다. 누군가 실행한 흔적인지. 자신을 묶어 달라는 사람이 있었다. 포기하고 뛰쳐나가지 못하도록. 그런 경험이 있다고 했다. 실패 경험이. 그의 손발을 묶느라 청테이프 하나를 다 썼다.

종말이 와서 마음이 편하다는 사람도 있었다. 꿈꾸던 종말이어서. 종말이 죽음을 자유롭게 할 거니까. 모두의 동반 자살같이 평화로운. 인간은 이미 틀렸으니까. 더 틀릴 수 없으니까. 더 미룰 수도. 멈춰야 한다고 했다. 여기서 끝내는 게 낫다고. 더 살 수 없어서가 아니라 다 살아서니까. 그는 빠른 음악을 틀었다. 음악이 죽음을 돕는지. 자신을 위한 레퀴엠인지. 가볍고 빠른.

각자 죽음의 방향은 달랐다. 죽음으로 무릅쓰려 한 건. 죽음을 무릅쓰고라도 간직하려 한 건. 울고 싶다는 사람도 있었다. 죽기 전에 마지막으로 마음껏. 예정을 지키려 터져 나온 울음 같았다. 삼킬 수 없이. 울고 싶은 사람과 함께 울었다. 눈물이 그치면 죽기로 하고. 마음껏 울지도 못했지만.

이제 번개탄만 피우면 되었다. 음악은 계속되고 있었다. 번개탄에 불을 붙였다. 남은 울음을 태웠다. 고인 숨을. 연기가 치솟았다.

음악 소리가 커지는 거 같았다. 다른 소리를 막기 위해선지. 소리가 타올랐다. 마지막을 사르는 불꽃과 함께. 생각을 사르는 거 같았다. 마음을 거둬들이는 거 같았다.

또 뭘 거둬들일까. 뭘 거둬들여야 텅 빌까. 몸과 마음이 멀어진 거 같았다. 서로 다른 데 있는 거 같았다. 몸이 텅 빈 거같이.

영혼이 타는 소리일지도 몰랐다. 텅 빈 몸을 넘나들며. 나란한 주검으로 넘어가기 직전. 영혼조차 받아들여지지 못하는 건지. 영혼의 자리를 못 찾는 건지. 다만 죽음이 통과해 가기를 기다려야 했다. 소리가 사라져 가는 귀로. 듣고 있는 줄 모르고 의식을 잃어 가는.

문에서 나는 소리였다. 문에서 소리가 났다. 아직 시간이 안 됐는데. 죽지 못했는데. 영혼이 역류하는 거 같았다. 몸을 뒤척이게 하면서. 죽음이 우리를 비껴가는 건지. 구원이 빗나가는 건지.

문이 열렸다. 모텔 주인이었다. 목사이기도 한. 나중에 안 사실이지만. 그 뒤에 한 사람이 있었다. 약속 시간에 오지 않은 사람이었다.

모든 게 중지됐다. 갈 데까지 가서. 우리의 실패를 확인해야 했다. 멈춘 눈으로. 멈춘 죽음을. 우리는 자유로워지지 않았다. 마지막으로 죽음의 자유를 희망했지만. 곧 사라질 희망이라도. 우리 죽음도 우리 것이 아니었다.

그는 시간을 착각했다고 했다. 그래서 우리에게 따돌려졌다는 생각이 들었다고. 자신만 빼놓고 자살을 실행한다는. 그는 소외감과 배신감에 떨었다. 무슨 수를 써서든 실행을 막기로 마음먹었다. 우리끼리 죽는 걸 용납할

수 없으니까. 무슨 일이 있어도. 그런 일념으로 달려온
거였다. 우리를 살려 놓기 위해. 혼자서는 실행에 옮길
수 없어서. 자신에게 두려운 사람이 되어 가면서.

그 후 그에게 연락이 왔다. 자기 때문에 못 죽게 되어 미
안하다고. 우리도 미안했다. 같이 못 죽어서. 죽음만을
반겼던 건 아닌지. 서로를 들여다보지 못하고.

모임을 없앨 수는 없었다. 우리를 없애기 위해. 끝내 그
렇게 죽어야 하니까. 죽지 못한 죽음을. 흔들림 없이. 아
직 못 죽었지만 서두르지 않기로 했다. 숨을 고르고 다시
실행하기로 약속했다. 이번에는 빠짐없이 다 함께. 서로
를 놓치지 않도록. 누구 하나 소외감 속에 두지 않도록.

우리는 믿음이 있었다. 실패했지만 다시 끝낼 수 있다
는. 우리를 위해 죽을 수 있다면 살아 있을 수도 있었다.
함께 죽을 때까지 살아 있어야 했다. 할 수 있는 걸 다해.
우리를 위한 일이 남았다면. 시간이 남았다면. 이른 것
도 늦은 것도 아닌.

유성 하나가 자리를 잃었다. 내려앉지 못하고 떠돌고 있었
다. 한순간 빛이 타올랐다. 불꽃이 하늘을 가로지르고 있었다.
유성이 연이어 떨어졌다. 유성우가 되어 쏟아졌다. 예보가 틀
리지 않았다.

매일같이 유성우가 예보됐다. 예보를 넘어 주의보로. 긴급
경보로. 하루에도 여러 번. 소행성 부스러기라고 했다. 달 가

까이 다가와 있는. 충돌이 얼마 안 남았다고 했다. 더 가까워
지면 돌이킬 수 없었다.

달빛 부스러기 같기도 했다. 눈발이 흩날리는 거 같기도. 달
이 드라이아이스 같았다. 차갑게 기울어 가는. 스스로 빛을 거
두는 건지. 달의 마지막을 볼 수 있을까. 파괴되는 달을. 파괴
의 물결을 뒤집어쓴.

땅이 흔들렸다. 지하가 울렸다. 달이 우는 소리일까. 소리가
귀를 얼리는 거 같았다. 귀가 부서질 때까지. 부서진 귀가 조
각날 때까지. 운석이 떨어지는 소리였다. 그 소리가 울리고 있
었다. 먼 곳의 소리까지 들려오는 거 같았다. 멀어지고 희미해
지는 소리까지. 부서지고 조각나는. 길가에 떨어진 운석이 널
렸다고 했다. 찾지 않아도 주울 수 있을 만큼.

 - 달을 묘지로 만들려는 사람이 있대.

너의 말이 떠올랐다. 달에 공원묘지를 만들려던 사람이 있
었다. 달을 인간의 공동묘지로 쓰려 했던. 이제 그럴 수 없게
됐지만. 달에 묻히기를 원하는 사람들이 적지 않았다고 했다.
유해를 달까지 실어 보낼 우주선도 만들었다고. 계획대로 이
뤄졌다면 달은 뼈 무덤이 되는 거였는지. 인간의 뼈로 뒤덮인.
그 사람은 자신이 우주인이었다고 했다.

다시 소리가 울렸다. 몸에 울렸다. 지하에서 일어나는 소리
가. 등 뒤가 멀었다. 멀어지고 있었다. 밤안개 너머로. 모든 게
그 너머에서 일어나는 일같이. 달빛이 안개를 퍼뜨리고 있었
다. 안개가 달을 깊게 하고 있었다. 운석이 끊임없이 떨어지고

있었다.

평행 우주에 관한 이야기가 퍼지고 있었다. 믿는다기보다 위안이 되는 거 같았다. 위로로 받아들이고 싶어 하는 거 같았다. 이 모든 게 무한히 반복된다고. 뭔가를 했다면. 뭔가로 있었다면. 그럴 수 있다는 생각이나마 할 수 있어야 했다. 그러니까 뭐라도 해야 했다. 그래야 다시 반복될 수 있으니까. 지금 여기가. 평행 우주 어딘가에서. 모든 게 지구와 같을. 지구와 다른 점은 지구가 아니라는 것뿐.

지금 하는 걸 어디선가 하고 있었을까. 지금 보는 걸 그때도 보고 있었을까. 나는 생각해 보았다. 다시 이 의자에 앉을 수 있을까. 의자 위의 생각도 다시 반복될까. 의자 위에 내려앉은 불빛도.

– 짐은 그 의자가 다야?

너는 말했었다. 이사하는 거 같지 않다고. 너의 말도 반복돼 있을까. 빈 의자가 있는 방도. 우리가 누워 서로 잠든 척하던 밤도. 서로 모른 척하면서. 서로 모른 척하는지 모르고 있었지만. 언제 잠들었는지 몰라서.

생각하자 모든 게 그리워졌다. 그 저녁도 반복될까. 무한히 반복되고 있을까. 모든 게 그대로인 채로. 마지막인지 모르고 머물러 있는 그대로. 너와 마지막으로 먹은 두부도. 그 두부를 담고 있던 그릇도. 우리가 다물고 있던 입도. 다물지 않아도 할 말이 없었지만. 우리의 한때가 우리의 무한일까. 곱씹을수록 그렇게 반복되는 걸까. 계속 곱씹지 않을 수 없게 되어서.

무한한 이빨 자국으로. 상 위에 놓여 있던 침묵도. 우리가 나눠 갖고 있던 침묵도. 나누지 못한 침묵도. 상 위에 엎질러진.

그 저녁의 눈으로 그 저녁을 보았다. 그 저녁을 묻고 있는 눈으로. 그 저녁으로 되돌아오고 나서도 그 저녁을 찾는. 그 저녁의 너를 너라고 할 수 있을까. 너를 너라고 할 수 없다면 나를 나라고 할 수 없었다. 나를 나이게 하는 건 너였으니까. 너를 보고 나라는 걸 알았다. 내가 아닌 줄도. 네게서 내가 안 보이면. 네가 모르는 나는 나도 모르니까. 네가 나에 대해 모르는 건. 그 저녁의 너는 누구였을까. 나는 누구여야 했을까.

가만히 그릇을 두드려 보았다. 평행 우주의 그릇을. 이 소리도 무한히 반복될까. 다시 내 귀에 닿을까. 심장 소리도. 심장에 금이 가는 거 같았다. 남은 소리를 주워 담았다. 금이 간 소리를. 어떻게 담아야 할지 모른 채.

한숨 같은 바람이 내려앉았다. 그 저녁의 네가 바라봤던 창으로. 저녁을 먹고 일어서다가. 창을 돌아서는 누군가의 한숨 같았다. 바람에 흩어지는. 너와 저녁을 먹고 싶었다. 너의 한숨이 실린. 침묵을 안고 있는.

무한이 아니면 반복될 수 없는 걸까. 다시 만날 수 없는 걸까. 무한히 기다리지 않으면. 이대로 얼마나 반복돼야 할까. 이게 우리의 영원일까. 기다림이 영원히 반복되는. 영원이 아니면 영원히 못 만나는 건지.

종말 또한 반복되는 걸까. 어디선가 반복돼 있는 걸까. 종말 돼 있는 우주가 반복되고 있는 거같이. 모든 게 종말 뒤의 잔상일지도 몰랐다. 우연한 충돌로 이뤄진. 이런 충돌은 우주에 흔할 거니까. 방치되듯 널렸을 거니까. 우연의 손에 이끌리는 건지. 잘못된 우연이 일치하고 있는 건지. 단 하나의 필연을 불러오기 위해. 모든 우연을 다해야 이뤄지는. 무한의 우연을 쏟아부은 뒤에야.

뭘 위한 반복인지 알 수 없었다. 아무것도 달라질 건 없었다. 일어나야 할 일이 일어나고 벌어질 일이 벌어질 뿐이었다. 모든 일이 반복되기 위해 일어나는 건지. 모두 처음이 아니라는 건지. 죽음도 처음이 아닐 수 있었다. 반복되는 죽음으로 다시 되돌아오는 걸 수도. 수없이 같은 생으로. 수없는 우주 중 하나의 우주로.

어떻게 해도 여기밖에 없었다. 여기로 돌아와야 했다. 지금 여기가 복원 지점이었다. 지금이 아니면 어느 순간도 잃게 되니까. 한순간도 머물러 있을 수 없으니까.

달에 거품이 이는 거 같았다. 달빛으로 모이고 흩어지는. 달이 부풀고 있는 건지. 현기증이 일었다. 달빛으로 번지는 현기증인지. 달의 중력 같은.

피가 이리저리 쏠리는 거 같았다. 현기증이 몸을 찾고 있었다. 몸이 휘청거렸다. 피를 내보내고 싶었다. 쏟아 내고 싶었다. 피가 나를 지겨워하는 거 같았다. 나도 내가 지겨웠다.

너를 기다리지 않기로 했다. 다시 기다리게 될 거니까. 기다리지 않아도. 그러는 동안 다시 처음일 거니까. 처음인 거같이 되돌아오게 될 거니까. 그곳으로. 그때로. 되돌아올 때마다 혜어져야 하는 걸까. 이별 또한 반복되는 거라면. 매번 같은 이별이. 매번 처음인 거같이. 낯선 반복같이.

그러니까 우리는 헤어진 적이 있었다. 무한히 헤어진 적이 있어야 했다. 그걸 확인하기 위해 다시 만나야 했는지도 몰랐다. 다시 헤어지기 위해. 반복이 멈추는 건 아니니까. 같은 이별의 또 다른 시작이니까. 또 한번의 이별을 향한. 무한은 그렇게 시작될까. 수없이 다시 시작해야 하는 이별로부터.

너와 헤어지는 곳은 언제나 그 저녁이 될까. 외계 비행체가 나타난. 그 저녁으로 마중 나가듯 돌아가 있게 될까. 그 저녁의 너에게. 너와 시간을 맞춰야 하는 건지. 이별의 시간을. 거기에 맞춰 모든 게 흘러오고 지나갈. 다른 이별을 할 수 없으니까. 그 저녁이 그 저녁으로 되감기는 거같이.

그대로 이별을 받아들여야 한다는 걸 알게 되었다. 어떻게 받아들여야 할지 몰랐지만. 혼자서 헤어질 수 있을지. 그럴 수 없을 거 같았다. 네가 돌아와서 헤어졌으면 했다. 만나서 헤어졌으면. 너 없이 헤어질 수 없으니까. 마지막으로 껴안고 헤어졌으면. 마주 보고 떠나보냈으면. 다시 시작되지 않게. 다시 헤어지지 않게. 그러면 이별을 멈출 수 있을까. 반복에서 벗어날 수 있을까.

알고 있었다. 그런 이별은 오지 않을 거라는 걸. 네가 돌아오지 않을 거라는 걸. 이대로 남겨져 있어야 하는 건지. 기다림이 계속되지 않으려면 어떻게 해야 하는 건지.

너와 해 보지 못한 게 많았다. 가 보지 못한 곳이 많았다. 하기로 해 놓고. 가기로 해 놓고. 못 가서 미안했던 곳이 우주가 되었다. 못다 하고 그만둔 일들이. 지키지 못한 약속들이. 우리가 못다 한 것의 우주였다. 그게 우리 우주였다. 일어나지 않은 일의 목록이. 일어나지 않은 일 다음에 일어날 일들이. 그만두기를 기다리고 있던. 아무 데도 갈 곳이 없었다. 아무것도 할 게 없었다. 하고 싶은 게. 가고 싶은 곳이.

하지 못한 말이 늘 더 많았다. 말하지 않은 게. 말할 수 없는 게. 그래도 말할 걸 그랬다. 미안하다고. 너와 돌이킬 수 없는 일을 할 걸 그랬다. 마지막으로라도 잊지 못할 일을 남길 걸. 그런 게 있다면. 남아 있다면. 지켜야 할 약속이. 약속하지 않았어도 지켜야 하는. 그건 하나뿐이었다. 너였다. 나의 모든 약속은 너였으니까. 나는 이제 약속이 없었다. 지키지 않아도. 미안할 수도 없이.

너에게 문자를 보내려다 그만두었다. 아무 말도 보내지 못했다. 네가 보지 않을 거지만. 폰이 젖어 보였다. 보내지 못한 문자도.

이대로 너를 잃어야 할까. 그래서 남아야 했던 걸까. 잃기 위해. 남은 시간을 다해. 그게 남은 시간의 이유일지. 그러는 데 걸리는 시간일지. 잃어버리기 전에 잊어야 했다. 뭘 잃었는지 잊어버릴 때까지. 너를 남겨 두지 않아야 하니까. 너와 나눴던 시간도. 다시 돌아보지 않게. 이미 잊은 걸 다시 잃지 않게.

너는 이미 나를 잊었을지도 몰랐다. 서로가 서로를 잊고 있는지도. 우리는 더 미룰 수 없는 데까지 온 걸까. 나를 남겨 두지 않아야 했다. 너를 생각하는 나도. 네 말을 떠올리는 나도. 네가 돌아오지 않으면 나도 내게 돌아오지 못할 거니까. 내게 사라질 거니까. 나는 나에게 없었다. 나라고 할 수 있는 게 없었다.

─ 네게 없는 거. 그걸 내게 줘.

너는 말했었다.

입술이 떨렸다. 입술을 향해 심장이 뛰었다. 심장이 새장 같았다. 속에 새를 가둬 놓은 거같이 뛰었다.

너는 내게 키스했다. 나의 슬픔을 확인했다. 서로의 슬픔을. 얼어 있던 슬픔이 풀리고 있었다. 녹은 눈물이 얼굴을 미끄러졌다. 눈 녹은 물 같은. 녹을수록 선명해지는 거 같았다. 심장에 스미면 금이 갈지. 얼룩이 질지.

눈물 맛이 서늘했다. 슬픔의 맛이. 미확인 슬픔이었다. 혼자서는 느껴지지 않던. 슬픔이 되살아나는 건지. 아픔까지 되돌리는 건지. 눈 감고 확인해야 했다. 그런 슬픔의 바탕에 뭐가 있는지. 아물 수 없는. 오래지 않아 알게 되었지만. 우리를 울고 있었다는 걸. 우리 울음을. 혼자 울게 될. 울면서 알게 될.

나는 떨면서 너를 껴안았다. 껴안고 떨림을 나눴다. 갈수록 몸이 비어 가는 거 같은. 너의 떨림인지 나의 떨림인지. 마음은 이미 비어 있었다. 비어 있던 마음이 채워졌다. 나는 너의 입술을 깨물었다. 마음속의 외계를. 더 먼 슬픔이 기다리는. 더 깊은 슬픔이. 떨림에 묻힌.

키스마요 해변

너는 그늘 아래 있다. 외계 비행체의 그림자 안에. 해변을 가로지르고 있는.

그늘 위에 너의 발자국이 돋는다. 너의 발자국이 너를 최초이게 하고 있다. 외계 비행체의 그늘을 딛는 첫 발자국이.

너는 루시가 되는 걸까. 자신이 최초인 줄 몰랐던. 인간인 줄 몰랐던. 외계 비행체의 그늘 안에 시초가 열리는 걸까. 새로운 시초가. 시초의 빛을 향해 걸어가는. 모래 위의 발자국으로 남는. 네가 루시가 될지 모를 순간들이.

너의 눈이 열리고 닫힌다. 눈동자가 텅 비어 있다. 네가 아닌 거같이. 네 몸의 주인이 아닌 건지. 부름을 받은 거 같기도 하다. 루시의 미라같이. 미라를 깨워야 하는 건지. 시초에 종말이 놓여 있으니까. 부딪쳐 뒷걸음칠 수밖에 없는.

외계를 받아들인지도 모른다. 온몸을 쏟아부었는지도. 몸에 익을 겨를도 없이. 스스로 주인이 되려 하지 않은 채.

그늘 속으로 침묵이 흐른다. 달의 뒷면 같은. 잃어버린 길이
다 거기 있는 거 같다. 너를 찾아 헤맸던 길이. 세계의 또 다른
끝에. 너는 너의 발자국을 빠져나간다. 빠져나간 발자국이 짙
어진다.

– 멈춰. 거기서 나와. 거기서 멀어져.

네게 말하고 싶다. 소리치고 싶다. 누르고 있던 말을. 나는
너를 알아볼 유일한 사람이었다. 마지막까지 기다리고 기억
할. 그 사실은 변함없었다. 전 세계가 너를 보고 있다 해도.

대화를 시작한다. 인간과 지구의 미래가 달렸다. 이제 만나
겠다.

외계 비행체로부터 새 메시지가 전송된다. 노트북 화면에
메시지가 뜬다. 방송 자막으로도 나온다. 이제 확실해졌다. 비
행체 안에 외계인이 타고 있는 게. 이제 외계인을 볼 수 있는
건지. 모습을 드러내는 건지. 우리 자신의 모습일지도 모르는.
우리가 다시 찾게 되는. 우리는 거기서 온 건지도 모르니까.
거기서 여기로 온 걸 까맣게 잊고 있는지도.

낯선 방문자들일지도 모른다. 다른 우주를 접하게 되는
지도. 지구는 이제 숨길 게 없는 곳이니까. 숨길 게 없는
미래니까. 미래가 사라지고 있는.

다른 우주라는 건 다른 성이 있다는 거 아닐까. 이성과 동성이 무의미한 거 아닐까. 우주 전체로 보면. 외계인도 그렇지 않을까. 소수가 아니지 않을까. 지구에서는 소수지만 우주에서는 다수일지 모르니까.

글이 실시간으로 쏟아진다.

화면이 쉴 새 없이 움직인다. 외계 비행체와 너를 다급하게 오간다. 비행체와 너로 화면이 분할된다.

두 비행체가 서로 다른 속도로 돌고 있다. 속도가 느려지고 있다. 그늘을 가라앉히는 거같이.

평화유지군이 화면 안에 들어오고 있다. 비행체 쪽으로 전진 배치되고 있다. 비행체를 포위하는 건지. 숫자가 늘고 있는 건지. 지구의 최전선이 긴박하다. 외계와의 최전선이. 넘을 수 없는 그늘을 경계로 두세 걸음 물러나 있는. 무의식적인 통제로. 집단 무의식의 전선같이.

너 말고는 그림자 하나 없다. 발을 올리면 그림자를 뺏길 거같아선지. 침묵 속의 방어선이기도 했다. 불안정한 침묵이라도 유지하기 위한. 무슨 일이든 일어날 수 있으니까. 예상할 수 없는 일이.

두 비행체가 회전을 멈춘다. 두 알이 정지한다. 깨어나기 직전의 정지일까. 두 알은 이제 부화할까. 우리를 부화시킬까. 깨어나는 시초일지. 최초의 날일지.

부화하면 안 되는 걸지도 모른다. 부활을 기다리고 있는 건지도. 다가온 부활의 기회를 놓치지 않고. 그러면 되돌릴 수 있는 기회가 생기는 건지도 모르지만. 다시 시작할 수 있는 기회가.

모래바람이 인다. 거센 바람에 모래가 날린다. 너의 발자국이 지워진다. 흐르는 모래에 섞여 덮인다.

타타타타. 헬기가 솟아오른다. 모래바람을 뚫고. 프로펠러가 빛을 가른다. 빛이 부서진다. 헬기를 따라 해변이 펼쳐진다. 타타타타. 흩어지는 소리를 안고 바다가 들어왔다 나간다. 파도가 밀려오고 밀려 나간다.

내 몸이 기우는 거 같다. 피가 쏠린다. 관자놀이가 뛴다. 피가 부딪치는 거같이.

너의 음모가 검게 빛난다. 날 선 은빛으로. 그 빛은 너를 겨누는 빛이었다. 평화유지군이 너에게 총을 겨누고 있다. 장갑차 위에서. 자세가 불안정해 보인다. 방탄복이 그렇게 보이게 하는지.

외계 비행체가 열리고 있다. 부화가 시작되었다. 나는 생리가 시작되었다.

쓰는 동안 많은 것을 잃었다.

많은 것을 이해하지 못했고 많은 것을 다시 생각해야 했다.

동화에게 말해야겠다.

너와 많은 것을 할 수 있을 줄 알았다. 많은 시간을 같이. 그러나 그러지 못했다. 그럴 수 없게 되었다.

너는 질문이다. 여기 이 질문들의 핵심이다. 숙제를 냈으니까. 계속 받아써야 하는. 이렇게 써야 할 이유를 찾기 위해서 이렇게 써 보았다. 너와 같이 묻고 답할 수 있도록. 너의 부재가 너의 핵심이 되어선 안 되었다.

폭염이었던 것도 같다. 이것의 중심에 폭염이 있을 것이다. 폭염 동안 쓰지 못했지만. 많이 늦었다고 생각했는데 갈수록 더 늦어지고 있었다. 아무것도 하지 못한 채. 더 보태지도. 덜어 내지도.

하지 못한 일들이 우주가 되었다. 지키지 못한 약속들이, 우리가 못다 한 것의 우주였다. 일어나지 않은 일들의 우주. 오지 않은 날들의.

그리고 어느 눈 오는 날 이것은 다시 시작되었다. 늦겨울과 이른 봄 사이였다. 공백이 길었다. 깊은숨을 쉬어야 하는. 내내 쉴 수 없어서. 여기 쉼표는 없으니까.

상미가 있었다.

상미에게 미안하고 고맙다. 무의미와 싸울 수 있게 해 준. 그가 없었으면 끝내지 못했을 것이다.

이것은 그의 것이다. 그는 나의 의미다. 내가 여기 있는 이유다.

김성대